DAMIAN O. REHFELD

FANTASTISCHE KURZGESCHICHTEN
SAMMELBAND VOL. 1

DAMIAN O. REHFELD

FANTASTISCHE KURZGESCHICHTEN

SAMMELBAND VOL. 1

Science-Fiction & Fantasy

Wahre Science-Fantasy

Bibliografische Information der Deutschen Nationalbibliothek:
Die Deutsche Nationalbibliothek verzeichnet diese Publikation in der
Deutschen Nationalbibliografie; detaillierte bibliografische Daten
sind im Internet über http://dnb.d-nb.de abrufbar.

1. Auflage 2022
© D. O. R. Fantastik | Damian O. Rehfeld
www.damian-o-rehfeld.de | autor@damian-o-rehfeld.de
Alle Rechte vorbehalten.

Folge dem Autor auf:    

Gesetzt aus: Papyrus Autor 11
Umschlaggestaltung: Damian O. Rehfeld
Bildnachweis Umschlag: Solen Feyissa | Unsplash

Herstellung & Verlag: BoD – Books on Demand, Norderstedt

ISBN: 978-3-7568-8182-6

Sinnt man nicht über das Gelesene nach,
kommerzialisiert der Autor nur.
Findet man hingegen keinen Schlaf,
so ist es Literatur.

D. O. R.

KURZÜBERBLICK

EVOLUTION [Science-Fiction | Cyberpunk]
S. 9 – 32
Die junge Frau Zoey schlägt sich mit ihrem Bruder durch eine Welt abgestumpfter Androiden. Sie schließen sich der letzten Menschengruppierung, dem Untergrund, mit dem Ziel an, die Menschen bei ihrem Kampf gegen die Androiden zu unterstützen.
Diese Kurzgeschichte beschäftigt sich mit der Frage, wie menschlich Androiden sein können. Sie war für mich der Auftakt einer Reihe von Geschichten und entworfenen Handlungsabläufen, die sich mit dem Thema Menschlichkeit befassen. Zugleich ist sie die allererste vollendete Kurzgeschichte, die ich in meinem Leben geschrieben habe.

DAS LIED DES EISES [High Fantasy]
S. 33 – 54
Kortan vernimmt den stillen Ruf eines Draken und fühlt sich zu ihm hingezogen. Sein Vater, der König des Nordens, verbietet hingegen jeglichen Umgang mit diesen Bestien. Ist Kortan auferlegt, seine nordische Magie zu nutzen, um eine nichtmenschliche Spezies zu unterdrücken, oder obliegt ihm das Verhindern des Verschwindens eines unschätzbaren, sozialen Gefüges der Welt?
Das Lied des Eises basiert auf einer komplexen Geschichte, die ich mir bereits im Alter von 14 Jahren ausgedacht hatte. Diese Drachen-Kurzgeschichte repräsentiert eine komplette Welt und ist ohne Einschränkungen als alleinstehendes Werk lesbar.

DER DICKE & DER DÜNNE - DER SCHATZ

[Science-Fiction Komödie]

S. 55 – 80

Buddy (der Dicke) und Trent (der Dünne) treffen durch einen für Buddy unglücklichen Zufall aufeinander. Buddy jagt dem Reichtum hinterher und Trent versucht, seine Angebetete vor einer Zwangshochzeit zu retten. Klar, dass nicht wenige Prügeleien an der Tagesordnung stehen.

Eine Hommage an mein Lieblingsfilmduo Terence Hill & Bud Spencer. Der »Comic Relief«, verpackt in einer einzigartigen Space Opera.

ROTER SAND [Western Fantasy]

S. 81 – 94

Der halbtote Fremde entkommt der Wüste mit nur einem Ziel: Ihm ist auferlegt, drei Gauner zur Strecke bringen, um weiteres Blutvergießen zu verhindern. Dabei treibt ihn sein annähernd himmlischer Ehrgeiz ans Limit seiner körperlichen Leistungsfähigkeit.

Überall ist die Sünde zu finden. Überall liegt roter Sand.

MEINE GEDANKEN SIND FREI

[Science-Fiction | Solarpunk vs. Street Art]

S. 95 – 110

Lin sieht sich als Revolutionäre in einer scheinbar utopischen Welt, denn die »Commune Controller« verbieten Unproduktivität, um die Kommune zu stärken. Damit einhergehend greifen sie leider ebenso die Meinungsfreiheit an. Lin sieht sich gezwungen, auf diesen Missstand mit ihrer Street Art hinzuweisen.

Was kann in einer utopischen Welt alles schieflaufen? Ein Gedankenexperiment, das in Verbindung mit Street Art eine nicht wegzudenkende Kurzgeschichte geworden ist.

EVOLUTION

[Science-Fiction | Cyberpunk]

Bildnachweis: Icons8 Team, Unsplash

Des Menschen Pflicht ist, sich zu entwickeln.
Die Richtung aber sollte stimmen.
Uns obliegt es, zu vermitteln,
Um eine neue Welt zu ersinnen.

D. O. R.

I

Die Rooftop-Bar lag mitten in der Stadt. Viele Gleiter flogen in akkurat geraden Linien am rundlichen weißen Turm vorbei. Zoey trug schwarze Kleidung, saß an einem runden weißen Tisch und trank einen *Human*, ein Cocktail, der seinesgleichen suchte. Sie sah in Richtung des gegenüberliegenden Wolkenkratzers. Die Glasfassade spiegelte die umliegende grüne Stadt, in der sich ein friedlicher Fluss schlängelte. Es war das Paradies auf Erden – *annähernd*.

»Möchten Sie noch einen Cocktail?«, fragte die Bedienung, die dabei zutiefst steif agierte und ein falsches Lächeln aufsetzte.

»Nein danke, ich warte auf einen Freund«, antwortete Zoey ihrerseits mit einem Lächeln. Dabei strich sie sich ihre kastanienbraunen mittellangen Haare aus dem Gesicht. Die Sonne ließ ihre knallgrünen Augen und ihre Sommersprossen erstrahlen.

»Wer war Ihr Erschaffer?«, fragte die Bedienung. »Ich liebe Ihre Sommersprossen. Sie bringen Ihre grünen Augen zur Geltung.« Die Bedienung zielte darauf ab, aufgeweckt und nett zu klingen. Dies gelang ihr nicht hundertprozentig. Jeder andere Mensch hätte es nicht bemerkt. Zoey registrierte es.

»TechEight«, erwiderte sie mit Bedacht, steif zu agieren. Dabei trank sie einen Schluck aus ihrem Cocktail.

»Sehr guter Hersteller. Vielleicht genehme ich mir mal ein Update«, antwortete die Bedienung und entfernte sich von Zoey.

Na endlich.

Sie hatte keine Lust, mit einem Blechhaufen in Menschenhaut zu reden.

Damit brauchte sie sich nicht mehr auseinanderzusetzen. Ihre Aufmerksamkeit wurde auf das Geschehen drei Tische weiter gelenkt: Zwei Androiden, die anstatt in menschenähnlicher Haut in einen weißen Panzer mit abgerundeten Formen gebaut worden waren, sprachen mit autoritärer Stimme zu einem Gast.

»Wir bitten Sie, mit uns zu kommen«, sagte der eine abgestumpft. »Sie stehen in Verdacht, menschlichen Ursprungs zu sein.«

»Bitte nicht …«, flehte der Gast. Seine schwarzen mittellangen Haare wehten im Wind. Es war nicht zu übersehen, dass er ein Mensch war. Er war nicht »perfekt« – viele Fehler, die seinen Charakter ausmachten, den Androiden nicht hatten. Sie hatte den Drang, ihm zu helfen. Der Gast wimmerte weiter – was Androiden nie tun. »Ich bin ein Androide, wie ihr. Ich möchte hier nur die Aussicht genießen!«

Der zweite weiße Wächter wurde stutzig. »Genießen – das können erst die Androiden der T-7-Serie. Aber so wie ein T-7 siehst du nicht aus. Du siehst *veraltet* aus.«

»Unplausibel!«, sagte der andere und packte den Menschen am Arm. Der Gast stöhnte vor Schmerz. »Zu schwach! Er muss ein Mensch sein!«

Ohne sich einander anzusehen, stimmten die beiden Wächter überein. »Mitkommen!«, befahl der erste Wächter und packte den Menschen am anderen Arm. Die Schmerzensschreie entwickelten sich zu einem ohrenbetäubenden Lärm. Keiner der Gäste schenkte dem Geschehen Beachtung. Sie tranken munter ihre Cocktails weiter und führten ihre aufgesetzten Gespräche fort. Niemand legte ein empathisches Verhalten an den Tag – außer Zoey. Sie hatte Mitleid mit dem Menschen.

Sie tauschte einen raschen Blick mit einem dunkelhaarigen Mann mit Dreitagebart, der auf der gegenüberliegenden Seite der Bar an einem Tisch saß. Ihr Bruder Arman trug schwarze Kleidung wie Zoey. Sie nickten beide, standen auf und eilten in einem rasanten Tempo auf die Wächter zu.

Die Wächter bemerkten Arman zuerst, da dieser in Blickrichtung auf sie zugelaufen kam. Er blieb zwei Meter vor dem ersten Wächter stehen. Dann zog er eine weiße Pistole mit runden Formen aus seiner Jackentasche und richtete sie auf das Gesicht des ersten Wächters.

»Fehler – Fehlverhalten – keinen zweiten Menschen erkannt – Fehler«, sagte der Wächter und war im Inbegriff, seine an seinem Gürtel hängende Pistole zu ziehen. Zoey zog blitzschnell ihre weiße Pistole und richtete sie auf den

Hinterkopf des zweiten Wächters. Zwei synchrone Schüsse hinterließen jeweils ein klaffendes Loch in den Schädeln der Androiden, die daraufhin an einem Kurzschluss ihre Energie verloren.

Der gefangene Mensch jammerte weiter, da sich die Griffe der beiden Wächter nicht von seinen Armen lösten. Zoey und Arman rissen die Hände der Wächter auseinander und befreiten den auf dem Boden knienden Mann. Die anderen Gäste schauten kurz zu ihnen, machten eine beiläufige Bemerkung und führten ihre gemütsarmen Gespräche fort.

»Da-Danke«, keuchte er und rieb sich dabei die Arme. »Wie konntet ihr mich so einfach retten? Warum unternehmen die anderen Androiden nichts?«

»Die unternehmen doch nie etwas«, antwortete Zoey schulterzuckend. »Wir müssen aber erst einmal von hier weg. In wenigen Sekunden wimmelt es hier nur so von Wächtern.«

»Wie wollen wir von hier weg?«, fragte der Mann. »Das ist unmöglich nach einer solchen Tat! Ich bin eher verwundert darüber, dass ich noch lebe!«

»Wir reden später weiter«, entgegnete Arman barsch und half dem Geretteten auf die Beine. »Wir fliegen hier weg.«

Sie näherten sich zusammen der Kante des Daches und warteten kurz. Ein dreckiger weißer Gleiter hob sich empor, der seine Türen automatisch öffnete. Zoey sprang als Erste in das Fahrzeug und half dem Mann, über die Spalte zwischen Dach und Gleiter zu gelangen. Ihr Bruder

Arman sprang hinterher. Das Gefährt setzte sich in Bewegung und verließ mit samt der Passagiere den weißen runden Turm.

II

Zoey saß am Steuer und führte den Gleiter durch die vollen Straßen. Es waren ein paar Ausweichmanöver vonnöten, da Zoey nicht so sicher fuhr wie die führerlosen Fahrzeuge der Androiden. Hinter ihnen tauchten drei weiße Gleiter auf. Ihre Formen glichen denen der Panzerung der Wächter, mit denen sie in der Rooftop-Bar in Konflikt geraten waren. Der Mann hielt sich an seinem Gurt fest und war von Kopf bis Fuß angespannt.

»Wächter«, sagte Zoey nach einem Blick in die Heck-Kamera. »Festhalten.« Sie führte das Steuer nach vorn und ließ den Gleiter einhundert Meter im Sturzflug gefährlich dicht an einer beachtlichen Anzahl von Fahrzeugen vorbeischießen. Der Gerettete schrie. Die drei weißen Wächtergleiter taten es ihnen gleich und hefteten sich an ihre Fersen und eröffneten das Feuer. Zoey vollführte ein paar temporeiche Manöver, um den elektromagnetischen Impulsschüssen zu entgehen.

»Arman – mach dich nützlich!«, schrie Zoey ihrem Bruder nach hinten zu. Dieser öffnete das Fenster auf der rechten Seite des Fahrzeuges, zog seine Pistole und lehnte sich nach draußen. Dabei hielt er sich an seinem Gurt fest. Er schoss mit seiner Pistole auf das erste Fahrzeug der Wächter und traf es vorn an der Nase. Ein Kurzschluss machte den Wächtergleiter funktionsuntüchtig, sodass dieser im freien Fall ungebremst nach unten fiel.

Der Boden näherte sich rasant. Zoey riss das Steuer zu sich heran und ließ den Gleiter damit abrupt abbremsen. Das Fahrzeug richtete sich wieder horizontal aus. Dann gab sie vollen Schub auf das Triebwerk. Das von Arman getroffene Wächterfahrzeug schoss unkontrolliert zu Boden und hinterließ einen Schrotthaufen. Das zweite verfehlte durch ein riskantes Manöver knapp den Asphaltdschungel. Der letzte Wächtergleiter richtete sich bereits in einer höheren Position horizontal aus.

»Nummer eins zwei Grad und Nummer zwei 240 Grad!«, rief Arman zu seiner Schwester nach vorn.

Zoey nickte. »Festhalten!«

Sie bremste den Gleiter abrupt ab, sodass sie an einer Stelle schwebten. Die beiden Wächterfahrzeuge schossen vorbei. Zoey lehnte sich aus dem rechten Fenster und feuerte mit ihrer weißen Pistole ins Heck des Wächtergleiters unter ihnen. Dieses verlor seine Energie und stürzte unkontrolliert zu Boden. Der obere Verfolger bremste ebenfalls, wendete und näherte sich den drei Flüchtenden. Zoey wartete auf den richtigen Moment und ließ den Wächter gefährlich nah an sie herankommen. Sie maximierte den Schub auf das Triebwerk. Dadurch schossen sie knapp unter dem Wächter vorbei. Arman gab einen Schuss seiner Pistole ab, der den Boden des Wächterfahrzeugs traf und es damit elektromagnetisch ausschaltete. Zoey führte den Gleiter durch eine Vielzahl von Gassen, die sich zwischen den Wolkenkratzern auftaten, und peilte den Stadtrand an, der sich in einigen Kilometern Entfernung am Horizont abzeichnete.

III

Ein paar Kilometer hinter der Stadtgrenze flüchteten sich die drei in eine Holzhütte, die am Fuße eines Berges in einem Waldstück stand. Sie setzten sich um einen Tisch. Zoey schenkte ihnen Wasser ein. Niemand sprach ein Wort.

Der Gerettete trank einen Schluck und brach im Folgenden die Stille. »W- Wer seid ihr?«

»Ich bin Arman«, antwortete Zoeys Bruder und richtete sich auf. »Das ist Zoey, meine Schwester«, er zeigte auf seine Schwester, die nicht in der Lage war, ihren Blick von dem Mann zu lösen. »Wir sind schon seit Jahren auf der Flucht.«

»Und wer bist du?«, fragte Zoey berückend.

»Ich heiße Bela«, antwortete der Dunkelhaarige und schluckte daraufhin kräftig. »Ich komme aus dem Untergrund.«

Zoey stellte aufgeregt das Glas auf den Tisch. »Der Untergrund! Von dem haben wir schon gehört. Wir sind seit vielen Monaten auf der Suche nach ihm! Wir wollen endlich unter Menschen kommen … Zu lange mussten wir uns unter den Androiden verstecken … Uns so verhalten wie sie …«

Bela nickte und zeigte damit, dass er es nachfühlte. »Wie habt ihr es so leicht geschafft, die Wächter auszuschalten?«, fragte er skeptisch. »Es ist mir ein Rätsel. Ich hatte mich bereits mit dem Gedanken angefreundet, zu sterben. Aber ihr habt mich da rausgeholt! Was sind das für Pistolen, die ihr da mit euch schleppt? Und wie könnt ihr die Androiden so leicht austricksen?«

Arman lachte. »Zu viele Fragen auf einmal.« Zoey stimmte mit ein.

»So viele Fragen sind es nicht«, entgegnete Zoey und fing an, diese zu beantworten. Dabei näherte sie sich Bela reizvoll auf wenige Zentimeter. »Die Wächter konnten wir mit unseren Pistolen ausschalten. Sie können einen elektromagnetischen Impuls abgeben und alle mechanisch hergestellten Dinge deaktivieren. Das Austricksen der Androiden haben wir einfach nach mehreren Jahren Verfolgung gelernt und versucht, zu perfektionieren.«

Arman schaltete sich hinzu. »Meine Schwester und ich waren die einzigen Überlebenden eines Dorfes, das durch die Androiden vernichtet worden ist. Wir konnten gerade so entkommen und mussten uns an die Lebensweise der Androiden anpassen. Das ging schon so weit, dass wir uns sogar mit einigen Androiden angefreundet haben, um mehr von ihrem Netzwerk zu lernen.«

»Soweit man sich mit Androiden anfreunden kann«, korrigierte Zoey ihren Bruder. »Die kennen nämlich keine Empathie, keine Liebe und auch keine Freundschaft.«

»Dann seid ihr aber schon sehr lange unterwegs«, sagte Bela erstaunt. »Die Androiden entwickeln sich seit Jahren weiter und bringen immer neuere Serien heraus, die dem Menschen immer ähnlicher werden. Die aktuelle T-7-Serie hat bereits gelernt, etwas zu genießen. Das konnten die Versionen davor noch nicht.«

»Aber es wird unmöglich sein, dass ein Androide empathisch sein kann oder lieben kann«, entgegnete Arman. »Das wird niemals passieren. Er kann durch Informationsfluss Entscheidungen treffen – abwägen, ja – aber mehr auch nicht!«

»Wenn das mal keine Fehleinschätzung ist …«, erwiderte Bela und trank sein mittlerweile drittes Glas Wasser aus. Er sah kurz verschämt zu Zoey, die ihn, ohne zu zwinkern, anstarrte.

»Was hast du eigentlich oben in der Rooftop-Bar gemacht?«, fragte Arman Bela. »War dies nicht ein zu gefährlicher Ort für dich?«

»Ich habe versucht, in den Untergrund zurückzukommen«, antwortete Bela und starrte auf sein Glas. »Ich war mit einer Gruppe aus vier Leuten auf einer Mission, die neue T-7-Serie der Androiden auszuspionieren und mehr über sie zu erfahren. Jedoch schlug die Mission fehl. Ich bin zwei Tage in der Stadt umhergeirrt, bis ich meine Gelegenheit kommen sah, in den Untergrund zurückzukehren.« Er trank wieder einen Schluck Wasser und sah die Geschwister nachdenkend an.

»Und weiter?«, fragte Zoey. Ihr Blick blieb an ihn geheftet.

Bela zögerte mit der Antwort. »Ich hatte eine Info eines Mittelsmannes erhalten, dass es jemanden in der Rooftop-Bar gibt, der mich aus der Stadt fliegen kann. Ich wusste nicht, ob ihr gemeint wart.« Zoey sah verdutzt drein.

»Das kann schon sein«, schaltete sich Arman hinzu. »Wir haben uns ein breites Netzwerk in der Stadt aufgebaut. Einige Menschen hier leben wie Androiden in der Stadt. Sie haben sich mit diesem Leben abgefunden. – Ich meine, so schlimm hat es sie nicht getroffen: Sie tun, als ob sie keine Emotionen haben und führen ein ruhiges Leben.«

»Aber ihr nicht?«, fragte Bela aufgeregt. Er sah in Zoeys grüne Augen. Sie hatten es ihm angetan. Diese Ruhe – diese auffällige Abgeklärtheit.

»Natürlich nicht«, sagte sie. »Wir wollen unter Menschen, die wie Menschen und nicht wie Androiden leben.«

Bela lächelte und nickte. »Dann fliegen wir zum Untergrund!«, bezeichnete Bela und trank sein Wasser aus. Er stand auf und hielt sich stöhnend die linke Schulter.

»Vielleicht erst morgen früh«, schlug Zoey augenzwinkernd vor. »Wir ruhen uns lieber aus. Es war ein anstrengender Tag.«

In der Nacht stand Zoey auf, ging die Treppe herunter in das Wohnzimmer und stellte sich neben Bela an die Couch. Sie beobachtete ihn mit einer noch nie so dagewesenen Neugier.

Sie begehrte ihn. Darum beugte sie sich vor und küsste ihn wach. Bela erwachte erschrocken aus seinen Träumen, erwiderte dennoch kurz darauf ihre Küsse. Zoey zog sich aus und ließ sich von ihm berühren. Er fuhr über ihre makellosen Kurven und ihren prallen Busen. Sie breitete die Beine über ihm aus und war im Begriff, sich auf ihn zu setzen.

Bela unterbrach sie. »Wir haben nichts zum Verhüten. Was ist, wenn du schwanger wirst?«

Zoey schüttelte den Kopf. »Geht nicht. Ich blute nicht.«

Daraufhin setzte sich Zoey auf ihn und bewegte ihre Hüfte rauf und runter. Sie gab sich ihm hin, bis sie gemeinsam zum Höhepunkt kamen.

IV

Bela träumte von einem friedvollen Picknick im Wald. An seiner Seite war die wunderschöne Zoey, die sich um ihn kümmerte.

Als er aus diesem wundervollen Traum erwachte, sah er in die grünen Augen, die von Sommersprossen umrandet waren. Dieser Moment strahlte Ruhe aus, die er seit ein paar Jahren nicht mehr erlebt hatte. Er atmete beruhigt aus.

»Guten Morgen«, sagte Zoey vernarrt und legte dabei ihren Kopf zur Seite auf ihre Hand. »Gut geschlafen?«

Bela fuhr sich durchs Gesicht. Seine Bartstoppeln waren lang und ungepflegt. »Ja, ich habe sehr gut geschlafen«, antwortete Bela. »Ich hatte einen wunderschönen Traum. Ich träumte von einem Picknick mit dir im Wald.«

»Oh wie schön«, sagte Zoey. »Ich möchte auch gerne etwas so schönes Träumen.«

»Was hast du geträumt?«, fragte Bela und stützte sich auf seinen Ellenbogen. »Etwas Schlechtes? Hattest du einen Alptraum?«

»Ich kann mich schon gar nicht mehr an meinen letzten Traum erinnern«, antwortete Zoey und sah gedankenverloren zur Decke. »Es muss lange her gewesen sein. Ich sehne mich nach einem schönen Traum.«

»Es ist was Tolles«, sagte Bela. »Eine andere Welt, in die man sich fallen lassen kann und sich keine Sorgen machen muss, ob ein Android dein Leben auslöschen möchte.« Zoey lächelte und schaute ihn eindringlich an. Bela setzte seinerseits ein Lächeln auf, das er nach einem kurzen Blick zur Küche wieder verlor: Arman stand in der Türschwelle und beobachtete die beiden lautlos.

»Können wir endlich aufbrechen?«, fragte Arman gestresst. Bela erhob sich rasch. Er war nackt und bemerkte verdutzt, dass Zoey ebenso nichts anhatte und an der Couch kniete. Er schaute wieder zu Arman. Dieser zuckte mit den Achseln und drehte sich weg. Zoey stand auf und reichte Bela seine Kleidung von der Ecke der Couch. Er musterte ihren Körper im Tageslicht. Sie war splitterfasernackt. Ihre extrem glatte Haut schimmerte im gleißenden Sonnenlicht, das durch die Fenster brach.

»Ist es dir nicht unangenehm, dass du hier nackt stehst, während dein Bruder uns beobachtet?«, fragte Bela sie flüsternd.

»Er ist doch mein Bruder!«, erwiderte sie, nicht beleidigt, sondern eher verwirrt darüber, warum ihr diese Frage gestellt wurde. Bela verzog sein Gesicht und ließ es auf sich beruhen. Er streifte sich seine dreckige Kleidung über. Zoey zog sich ebenfalls an. Sie waren damit bereit zum Aufbruch.

»In welche Richtung soll ich fliegen?«, fragte Arman, der zur Abwechslung am Steuer saß, da Zoey zu beschäftigt mit Belas Augen war. Bela fasste dies als aufdringlich auf, zugleich beruhigte ihn dessen ungeachtet diese Aufmerksamkeit.

»Nach Süden«, sagte Bela und lächelte Zoey an. Diese erwiderte die Freundlichkeit. Arman setzte den Gleiter in Bewegung.

»Gibt es noch viele Menschen im Untergrund?«, fragte Zoey.

»Wir werden immer weniger«, sagte Bela und senkte den Kopf. »Wir müssen einen Weg finden, die Androiden ein für alle Mal abzuschalten.«

Über den Flug redeten sie kaum ein Wort. Erst nach einer längeren Strecke brach Bela die Stille, indem er Arman anwies, zu landen. »Hier ist es!«, sagte Bela und prüfte die Reaktion seiner Retter. Sie schienen gelassen. Arman landete den Gleiter in einer Lichtung, in deren Mitte ein einzelner Felsen stand.

Die drei Gefährten stiegen aus und näherten sich geradewegs dem Monolithen. Dort aktivierte Bela durch Handauflegen den verborgenen Eingang, der sich mitten im Gestein an einer Stelle öffnete und emporfuhr. Es offenbarte sich eine unterirdische Treppe. Bela führte die beiden nach unten.

Der Eingang schloss sich hinter ihnen und Lichter sprangen an. Sie kamen einen Gang entlang, der bis zu einer Metalltür führte. Dort schob sich ein Guckloch in der Tür auf.

»Hallo Bela, schön dich zu sehen!«, sagte das Mitglied des Untergrunds hinter der Tür. Zoey erkannte nichts anderes als ein Augenpaar, das die Ankömmlinge eindringlich musterte. »Wen bringst du da mit?«

»Das sind meine beiden Retter«, antwortete Bela. »Sie wollen sich dem Untergrund anschließen. Sie sind gute Kämpfer und bereit für den Test.« Er sah seinen Freund ernst an.

»Verstehe«, sagte der Mann hinter der Tür und schloss das Guckloch. Stille.

»Was passiert jetzt?«, fragte Arman Bela. »Werden wir nicht reingelassen?«

»Es dauert nur einen Moment«, sagte Bela und ließ von Arman ab. Kurz darauf öffnete sich die Tür.

Fünf voll bewaffnete Soldaten hießen die Gäste willkommen – bereit, die Gewehre auf sie zu richten. Zoey sah in die Augen des Mannes, der in der Mitte stand. Er hatte dasselbe Augenpaar, das sie durch das Guckloch betrachtet hatte. »Kommt bitte mit ihr beiden«, sagte er. »Reine Vorsichtsmaßnahme.«

Zoey und Arman folgten den Soldaten hinein und gaben ihre Waffen ab.

V

Zoey saß in einem weißgestrichenen Raum. Dieser Bunkerkomplex war einwandfrei instandgehalten. Er bot einen sicheren Zufluchtsort. Die letzten Menschen vermochten sich zu verteidigen und in dieser Welt zu überleben. Nach ein paar Augenblicken öffnete sich die Tür. Ein Mann mittleren Alters mit dunkelbrauner Haut und einem grünen Soldaten-Outfit mit Tarnmuster kam hinein, schloss hinter sich die Tür und setzte sich Zoey gegenüber.

»Hallo Zoey, ich heiße John«, sagte er abgeklärt und lächelte sie an. »Ich bin hier der Ansprechpartner für neue Mitglieder des Untergrunds. Ich wollte dir ein paar Fragen stellen, um zu beurteilen, wo wir dich einsetzen können – kann es losgehen?« Zoey nickte.

»Wie geht es dir?«, fragte er sie. Zoey schien verdutzt.

»Es geht«, sagte sie nach einer kurzen Bedenkzeit und öffnete sich dem Soldaten. »Ich fühle mich ein wenig orientierungslos. Ich weiß nicht so recht, wohin genau mich mein Leben bringt. Das macht mich in gewisser Weise traurig.«

»Es sind harte Zeiten. Die Androiden beherrschen die Welt und wir müssen herausfinden, wie wir in dieser Welt überleben können. Was erwartest du dir vom Untergrund?«

»Ich bin es leid, unter Androiden zu leben. Ich will endlich unter Menschen kommen. Andere Menschen treffen. Sonst hatte ich nur meinen Bruder. Als Bela in mein Leben trat, hat sich alles verändert – ins Positive.« Zoey schmunzelte.

»Hast du dich in Bela verliebt?«, fragte John und sah ihr achtsam in die Augen.

»Ich ... denke schon«, antwortete Zoey. »Ich habe dieses Gefühl zuvor noch nie gespürt. Ich lebte neben meinem Bruder unter Androiden. Bela war der erste richtige Mensch, der dieses Gefühl in mir auslöste. Also ja – ich bin in Bela verliebt.« Sie strahlte eine Freude aus, die auf John buchstäblich überging.

»Was spürst du, wenn du ihn ansiehst?«

Zoey sah kurzweilig an die kahle Wand. »Es ist schwer zu beschreiben – zum einen Glück und Freude, wenn ich in seiner Nähe bin – zum anderen Traurigkeit, weil ich ihn nicht unter anderen Umständen kennengelernt habe. Und auch Angst – Angst, ihn zu verlieren. Es schmerzt in der Brust.«

John nickte verständnisvoll. »Hat er dir leidgetan, als er von den Wächtern angegriffen wurde?«

»Woher weißt du, dass er von Wächtern angegriffen wurde?«, erwiderte Zoey.

»Er hat es mir eben erzählt«, antwortete John.

Sie nickte. »Ja, er hat mir sehr leidgetan. Ich wollte ihn so schnell wie möglich vor den Wächtern retten.«

»Und wie ihr ihn gerettet habt«, sagte John, nickte anerkennend und holte die weiße Pistole hervor. »Eine schöne Waffe. Mit Leichtigkeit habt ihr die Androiden ausgeschaltet. Wo habt ihr diese Waffe her?«

»Mein Bruder und ich konnten diese Waffen aus einer Vorratskammer der Wächter stehlen. Wir haben das Netzwerk der Wächter über Jahre infiltriert und genauestens beobachtet. Wir wissen, wo ihre Posten sind und woher sie ihre Informationen erhalten. Ich denke, das wird dem Untergrund einen großen Vorteil einbringen können.« Zoey schenkte John ein Lächeln.

»Ich verstehe«, sagte er. »Ich bin gleich wieder zurück.« John verließ den Raum.

Zoey sah in den Spiegel an der Wand gegenüber und erblickte ihr Abbild. Ihr Lächeln verschwand und hinterließ ein Gesicht voller Ausdruckslosigkeit. Dabei hatte sie keinen Grund, Trübsal zu blasen. Sie sah im Spiegel ein bezauberndes Mädchen – und obendrein war sie verliebt. Was hätte sie sich anderes wünschen können?

John betrat abermals den Verhörraum, in dem Zoey saß. Bela und ein paar Soldaten folgten.

»Zoey, du hast bestanden«, sagte John. »Herzlich willkommen im Untergrund!«

Bela schmunzelte und umarmte Zoey, die sich von ihrem Stuhl erhob.

»Was heißt bestanden? War das eine Prüfung?«, fragte Zoey verblüfft.

»Gewiss«, erwiderte John. »Wir wollten herausfinden, ob du eine Androidin bist. Diesen Test müssen alle durchstehen. Und du hast ihn bestanden.« Seine Freundlichkeit war von kurzer Dauer.

VI

»Zoey …«, führte Bela stockend aus. »Arman … er weist andere Blutwerte auf als du. Wir haben euch gescannt. Er ist nicht dein Bruder.«

Zoey zitterte am ganzen Leib. »Was? Ich bin mit ihm aufgewachsen! Wir haben alles zusammen durchgemacht!«, entgegnete sie voller Entsetzen.

»Das ist leider noch nicht alles …«, erwiderte Bela und sah ihr eindringlich in die Augen.

»Wieso? Was ist denn noch?«, fragte Zoey angespannt.

Bela setzte zur Antwort an, war aber nicht in der Lage, zu antworten.

»Er hat den Test nicht bestanden«, antwortete John anstelle Belas. »Wir haben Grund zur Annahme, dass er ein Androide ist.«

»Das kann nicht sein!«, rief Zoey aufgeregt unter Tränen. »Ihr müsst euch irren!«

»Das lässt sich ganz leicht herausfinden …«, sagte John.

Alle verließen den Raum und sammelten sich in einer Halle, in der Arman in einer Vorrichtung festgehalten wurde. Seine Arme und Beine waren mithilfe von Metallschellen festgeschnallt. Zoey machte Anstalten, zu ihm zu rennen, aber Bela und ein paar Soldaten hielten sie unter Anstrengung fest.

»Arman!«, schrie sie ihrem Bruder zu.

»Zoey!«, rief er zurück, als er sie in der Halle bemerkte.

»Zoey – bitte, bleib hier. Er ist ein Androide!«, warnte Bela sie mit Nachdruck. Er sah in ihren Augen Schmerz und Traurigkeit. Trotz alledem gab sie nach. Bela nickte verständnisvoll.

»Zoey! Hilf mir! Ich bin kein Androide!«, schrie Arman durch die Halle. John schritt auf ihn zu, blieb fünf Meter vor ihm stehen und richtete die weiße Pistole auf ihn. Er schoss in Armans linkes Bein. Ein elektromagnetischer Impuls ließ den ganzen Körper erzittern. Arman schrie, bis ein Kurzschluss ihn lahmlegte. Zoey brach zusammen.

Arman war ein Androide!

Zoey weinte bitterlich. Ihre Vorstellungskraft reichte nicht aus, ihren Bruder als Androiden anzuerkennen. Ein paar Menschen in der Halle drehten sich skeptisch zu Zoey.

»Sie ist bestimmt auch eine!«, sagte der eine.

»Sie hat den Test ausgetrickst!«, rief der andere. Sie sammelten sich um Zoey. Bela stellte sich vor sie.

»Sie hat den Test bestanden, weil sie ein Mensch ist!«, verteidigte er sie. »Sie kennt Liebe und Empathie! Ihr habt es selbst gesehen!« Er drehte sich zu ihr und sah ihr in die Augen. »Und ich glaube an sie …« Er lächelte. Zoey traten Tränen in die Augen und sie erwiderte das Lächeln.

»Das reicht uns noch nicht!«, rief wieder ein Mensch aus der Menge. »Schießt auf sie! Dann sind wir hundert Prozent sicher!«

»Ja, genau!«

Die Menschen drängten sich weiter zusammen und rissen Bela von Zoey weg. Er hatte keine Chance, sich gegen sie zu behaupten.

»Ihr müsst mir vertrauen«, sagte Zoey unter Tränen. »Ich bin ein Mensch wie ihr. Ich möchte einfach nur Freiheit … nur Freiheit … und jetzt bin ich frei … ich bin endlich frei …«

Sie krümmte sich zuerst vor Schmerzen und sah Bela an. In der Folge erlosch das Grün ihrer Augen und wich einer schwarzen Leere. Ihr Blick schien in Flammen aufzugehen.

Zoey die Androidin explodierte daraufhin und zerstörte sich und ihre Umgebung. Menschen schrien und verstummten. Keine Menschenseele entkam dem Feuer, das tödlich loderte und alles Leben auslöschte.

»Wir haben unseren Außenposten verloren«, sagte ein Mensch, der sich in einem getarnten Luftfahrzeug im Himmel über der Stadt im Kontrollzentrum des Untergrunds aufhielt. Unter ihnen stand der runde weiße Turm mit seiner Rooftop-Bar. Ein anderer Mensch mit einem Kommandantenhut hielt auf ihn zu und legte eine Hand auf seine Schulter.

»Gott sei Dank, dass Bela sie nicht zu uns gebracht hat. Seine Liebschaft hat ihn fast blind gemacht – er hörte dennoch auf seinen Verstand.«

»Auch auf sein Herz. Er hat den Fortbestand der Menschheit gesichert …«

In einem Kontrollraum übertrugen hunderte Bildschirme die Szenen, die sich in weiter Ferne im Bunker unter der Erde zugetragen hatten. Die abgespielten Aufzeichnungen spiegelten Zoeys Sicht. Zuletzt schwärzten sich die Aufnahmen.

»Ziel erreicht«, sagte ein Androide in einem weißen Kittel mit monoton klingender Stimme. »Gebt die Massenproduktion der T-8-Serie in Auftrag und deaktiviert danach alle alten Modelle.«

»Evolution«, sagte der Kollege zu seiner Rechten, kurz bevor sie die Energie verloren und regungslos im Raum stehen blieben – auf ewig.

DAS LIED DES EISES

[High Fantasy]

Bildnachweis: Kenneth Kuan, Unsplash

Alle Kulturen und Bräuche gedeihen,
wenn sie respektiert und aufgenommen werden.
Dadurch können wir Feindseligkeit meiden.
Kriege müssen vergehen auf Erden.

D. O. R.

I

Der Nordmann sprang vom Sattel. Als seine Stiefel in den tiefen Schnee einsanken, klirrte sein Waffenrock. Sein weißes Pferd wieherte. Er streifte seine Zweihandaxt vom Harnisch, hielt sie fest mit beiden Händen vor sich und sah den Weg hinauf zum Gipfel des Berges. Die Sonne war vor kurzem untergegangen. Es bildete sich ein dichter Wolkenhimmel und es schneite. Die Luft in dieser Höhe war dünn, was ihn nicht störte. Ein nicht zuordenbarer Geruch versetzte ihn in Unruhe. Ein unbekanntes Gefühl kam in ihm auf.

Eine Wolke bildete sich bei jedem Ausatmen vor ihm und erstarrte sofort zu winzigen Eiskristallen. Er schwenkte seine linke Hand zur Seite und konzentrierte sich dabei auf einen beseelten Moment in seinem Leben. Kurz darauf erhellte sich der Weg vor ihm, als wäre es Tag. Er stapfte den Weg mit gezogener Axt nach oben.

Mit jedem Schritt vorwärts erreichte er weitere Höhenmeter und die Umgebungstemperatur verringerte sich. Im Grunde genommen störte ihn das nicht. Trotz alledem war es eine unbekannte, gefährliche Kälte. Kurz vor dem Gipfel gelangte er auf ein Plateau. Hier dehnte sich der Berg weiter nach hinten aus und es offenbarte sich eine Höhle – die Größte, die er je gesehen hatte. Dieses Gefühl, das jede Ader seines Körpers zu durchströmen schien, war für ihn total neu und unbestimmbar. War es Neugier? War es Angst? Er hatte es nicht sagen können. Dessen ungeachtet hielt er weiter auf die Höhle zu.

Als er ein blaues Schimmern in der Höhle vernahm, hielt er sofort inne und schwenkte seine linke Hand, um das Licht zu löschen, das von ihm ausstrahlte. Ausschließlich das blaue Schimmern erhellte den Höhleneingang und den Weg vor ihm. Dann trat er hinein.

Ein dünner, fauliger Luftzug strömte gegen sein Gesicht. Seine langen, zu einem Zopf geflochtenen schwarzen Haare wehten gen Höhlenausgang. Das Gestein der Höhle war komplett mit Eis überzogen. Hier herrschte eine lebendige Magie, die über seine Kenntnisse hinausging. Er schritt weiter in die Höhle hinein, die eine Biegung nach rechts machte und in eine Art Halle führte. Von der Höhlendecke hingen massenhaft Eiskristalle. Er hielt kurz inne, denn in der Mitte der Höhle lag ein riesenhaftes, echsenähnliches Wesen mit Flügeln. Es hatte blaue Schuppen, die sich in der Kristallhöhle zu spiegeln schienen. Seine langen, messerscharfen Zähne blitzten aus seinem Maul. Die Augen waren geschlossen.

»Draken«, sagte der Nordmann flüsternd. Ein Lächeln stahl sich auf sein Gesicht. »Endlich habe ich dich gefunden.« Er trat näher an das schlafende Tier heran, darauf bedacht, keine Geräusche von sich zu geben, bis er kurz vor dem Draken stehenblieb.

»Draken«, sprach er wie einen Zauberspruch, hob seine Hand und konzentrierte sich auf seine innewohnende

Magie. »Erhebe dich und sei mein Diener – hör auf mein Wort!«

Der Draken öffnete daraufhin seine lidlosen Augen. Die geschlitzte dunkelblaue Pupille visierte den Nordmann an. Der Draken erhob sich, schnaubte und brüllte, sodass sich ein paar Eiskristalle von der Decke lösten. Der Nordmann vollführte eine schützende Bewegung mit seiner linken Hand und ließ die Kristalle, die auf ihn gefallen wären, zu Staub zerfallen.

Der Draken schüttelte sich. Der Nordmann breitete sich vor dem geflügelten Wesen aus und hielt seine Zweihandaxt mit beiden Händen fest vor seinen Körper. Daraufhin holte der Draken tief Luft, zog dabei seinen Kopf nach hinten, schmetterte ihn dann mit einem Ruck nach vorn und ratterte dabei einen ohrenbetäubenden Schrei hervor. Ein Strahl aus Eis und blauem Feuer stieß aus seinem weit geöffneten Maul heraus und traf die Axt des Nordmannes – so schien es. Denn der Nordmann ließ einen Schild aus Eis vor sich und seiner Waffe erscheinen, der dem Eisstrahl Einhalt gebot.

Als der Draken merkte, dass sein Angriff keine Wirkung zeigte, ließ er vom Nordmann ab. Er führte langsam und sicher seinen Kopf zu Boden. Der Nordmann richtete seine Axt gegen den Kopf des Draken. Dann stieß der Draken mit geöffnetem Maul hervor. Der Verteidiger schwang seine Axt gegen die vorderen Zähne. Durch den gewaltigen Aufprall schleuderte der Draken den Nordmann nach hinten bis zum

Höhleneingang. Er keuchte und rappelte sich wieder auf, bereit für den nächsten Angriff, der sich jedoch nicht ereignete. Der Draken stützte sich auf seine Flügel und sah für einen Moment drohend zum Eindringling herüber und erweckte dadurch im Nordmann eine gewisse Vertrautheit. Dies schien in der Luft zu hängen, die beide gleichermaßen atmeten. Als der Draken merkte, dass der Nordmann keinen weiteren Versuch unternahm, ihn in der Ruhe zu stören, legte er sich seelenruhig in die Mitte der Höhle.

»Habe verstanden. Ich lass dich für heute in Ruhe – Aber morgen komme ich wieder!«, sagte der Nordmann zum Draken. Dieser starrte ihn an, schnaubte und schloss seine Augen. Der Nordmann halfterte seine Axt und verließ die Höhle.

II

Der Ritt den Berg hinunter war rasch vorüber. Er war von dem Gedanken beseelt, was den Draken und ihn verband, begriff es jedoch nicht. Dennoch hatte er einen ersten sinnvollen Schritt in die richtige Richtung unternommen.

Bald erreichte er einen verschneiten Nadelwald. Hier herrschte für ihn eine angenehmere Temperatur, von der die Menschen des Südens zugegebenermaßen hätten sterben können. Er kam zu einer Lichtung, in dessen Mitte sich eine gewaltige, dunkelgraue Festung auftat. Sein Pferd verharrte vor dem braunen Tor. Der Nordmann war gezwungen, den Kopf weit in den Nacken zu legen, um die Zinnen der Mauern zu erkennen. Zwei Wachen sahen zu ihm hinunter.

»Wer da?«, rief die eine Wache. Der Nordmann verzog das Gesicht.

»Erkennst du nicht deinen Prinzen, wenn du ihn siehst, Regar?«, antwortete er ihm rufend.

»Oh, Verzeihung, mein Prinz!«, rief Wächter Regar zu ihm herunter.

Daraufhin drehte sich die andere Wache um und rief ins Innere der Festung: »Macht die Tore auf! Prinz Kortan ist zu Hause! Macht die Tore auf!«

Ein donnerndes Scheppern und Quietschen ertönte, als die Stahlketten empor gezogen und damit die beiden Flügeltüren nach hinten geöffnet wurden. Prinz Kortan ritt durch den Eingang.

Er war in Konhal, der Festung der Menschen des Nordens. Weit entfernt von den Angelegenheiten und Problemen anderer Völker. Der Norden markierte ein eigenes Königreich.

Kortan überquerte den festungseigenen Marktplatz, um zur langen Halle des Königs zu gelangen, die inmitten eines weiten Platzes stand, der von grau gehaltenen Einfamilienhäusern umgeben war. Hinter der langen Halle lag der Palast des Königs, dessen höchster Turm in der Mitte gen Himmel ragte. Ein paar Bürger passierten ihn und grüßten mit »mein Prinz« und »Wohlauf dem Prinzen«. Vor der langen Halle, die ein abgerundetes Dach trug, kam sein Pferd zum

Stehen und er stieg vom Sattel. Dann öffnete er die schwere Tür nach innen – der Lärm der Feier und ein Schwall weniger delikater Gerüche schlugen ihm entgegen. Er wandte seinen Kopf kurz ab und betrat wider Willen die Festhalle.

Die Halle war ausgestattet mit zwei massigen und langen Tischen, an denen Bürger wie Adelige zusammen feierten. An den Seiten waren eine Vielzahl von Kaminen aneinandergereiht, in denen Schweine gebraten wurden. Die Menschen des Nordens sangen und tranken. Kortan durchquerte die ganze Halle. Viele Bürger grüßten und erhoben ein Glas auf ihn.

Am Kopf der beiden Massivtische stand der Haupttisch quer. In der Mitte saß der König – Kortan I. Er hatte schwarze, lange Haare, die am Schopf und am Kinn zu einem Zopf geflochten waren – seines Sohnes Ebenbild. Das Faszinierendste war, dass er keinen Tag älter aussah als sein Sohn. Neben dem König saß die ganze Königsfamilie. Sieben Brüder, acht Schwestern und seine geliebte Mutter, die seinen Schwestern in nichts nachstand. Alle Frauen des nordischen Königshauses hatten blondes Haar und schneeweiße Haut, das für sich den Adelsstand erkennen ließ.

»Mein Sohn!«, begrüßte der König seinen Sohn. Dabei hob er einen vollen Weinkrug empor. Der Krug war deswegen voll, weil ein Diener schräg hinter dem König stand und den Krug nach jedem Schluck wieder bis zum Rand füllte. »Schön, dass du wieder da bist! Komm, nimm Platz und trinke ein bisschen Wein mit deiner Familie!«

»Kortan, wo warst du nur? Ich habe mir Sorgen gemacht!«, raunte seine Mutter.

»Mutter, Vater – ich muss euch etwas sagen«, erwiderte Kortan. »Ich habe heute einen Draken auf dem Gipfel des Berges Kondura entdeckt.« Sofort verstummte die Halle. Der König haute seinen Weinkrug vor sich auf den Tisch. Ein ein wenig von der kostbaren Flüssigkeit, die extra nach hier oben geliefert werden musste, schwappte über. Schlagartig reinigte der Diener den Tisch und goss den Krug wieder randvoll.

»Einen Draken?«, wiederholte König Kortan I. mit erhobener und erboster Stimme, die durch den Saal widerhallte. »Was hast du bei ihm zu suchen gehabt?«

»Vater, als ich vom abendlichen Ritt durch den Wald nach Konhal zurückkam, habe ich seine große Präsenz gespürt und bin zum Gipfel geritten«, antwortete Kortan bedacht. »Ich weiß nicht, warum ich sie spürte. Aber es war ein Gefühl, das mir sagte, ich solle dorthin reiten.« Der König und die Königin sahen sich gedankenschwer an.

»Nein!«, erwiderte der König. »Du wirst dich dem Draken nicht hingeben! Er verhext dich und saugt dir deine Seele aus! Ehe du dich versiehst, liegst du unter der Erde!«

»Das stimmt nicht, Vater!«, sagte Kortan. »Ich habe eine tiefe Verbindung zwischen dem Draken und mir gespürt. Warum sollten wir diese Gaben nicht nutzen? Die Menschen des Westens machen es doch vor ...«

Daraufhin erhob sich der König ruckartig vom Stuhl und fixierte seinen Sohn mit einem finsteren Blick. »Die Menschen des Westens sind Idioten! Sie gaben ihre unsterblichen Seelen für die Draken! Möchtest du auch so enden, wie König Toron I. von Ankrubutis?«, schrie er in die gefüllte Halle.

»Der wurde mehrere hundert Jahre alt«, antwortete Kortan trotzig wie ein Junge, der seinem Vater widersprach.

»Ist mehrere hundert Jahre alt werden gleichzusetzen mit der Unsterblichkeit, mein Sohn? Denke doch mal nach! Der Narr König Toron II. wird auch bald sterben - wir haben uns nicht umsonst vom König des Westens und den Draken abgewandt! Wir sind ohne sie besser dran!«

»Die Draken sind Teil dieser Welt! Wir müssen uns ihnen zuwenden. Sie haben uns so viel zu geben. So viel Wissen – so viel Macht ...«

»Ich sehe, dass ich dich nicht davon abbringen kann«, sagte der König wehmütig. Er gab ein Handzeichen. Daraufhin rückten drei vollausgerüstete Wachen aus der königlichen Leibgarde an und stellten sich um Kortan. »Wachen, bringt meinen Sohn in den Turm und lasst ihn bewachen. Er darf nicht zu dem Draken zurück. Morgen früh werden die Erzmagier und meine besten Krieger den Draken töten!«

»Nein!«, rief Kortan und machte einen Satz nach vorn, aber die Wachen hielten ihn längst fest. Er versuchte, sich mit einem Eiszauber von der Leibgarde zu lösen. Die Wachen waren ebenso der Magie mächtig und wirkten daraufhin einen Gegenzauber. Kortan kam nicht mehr los.

»So ist es am besten, mein Sohn«, beruhigte ihn König Kortan I. Dabei führte er eine Geste aus und ließ den Prinzen abführen.

»Mutter, sprich mit Vater! Das darf er nicht! Der Draken ist unsere Zukunft!«, schrie Kortan.

Seine Mutter schüttelte besorgt den Kopf. »Es dient nur deinem Schutze!«, rief sie ihm hinterher, als die Wachen ihn hinausschleppten, dem Palast und dem Königsturm entgegen.

III

Kortan stand am Fenster des obersten Raumes des Königsturms und sah hinaus zum Berg Kondura und dessen Gipfel. Sein Vater begriff es nicht ... Die Menschen brauchten die Draken. Sonst würde es nicht glimpflich für sie ausgehen ... Einst erkannten die Draken die neue Gefahr, die sich in ihr Land schlich – die Menschen ermächtigten sich der inneren Stimme der Draken, um in der Lage zu sein, ihre Magie wirken zu lassen. Alles endete in einem Krieg zwischen Menschen und Draken, in dem die Menschen nahezu ausgerottet wurden – zumindest die Menschen, die sich auf diesem Kontinent niedergelassen hatten – dem Kontinent der Draken. Die Geschichte würde sich wiederholen, falls das Nordvolk sich den Draken nicht annäherte. Da war er sich sicher.

Sein Vater war ein Sturkopf. Prinz Kortan war verpflichtet, aus seinem Gefängnis auszubrechen und sich mit der Seele des Draken vereinen. *Aber wie?* Wäre er im Westen geboren worden, würde er Kenntnis darüber haben ... Die Gelehrten des Königs gaben ihr Wissen an alle Männer und Frauen weiter, die fähig waren, einen Draken zu reiten.

Der Draken auf dem Gipfel des Berges war nicht der einzige. Wesentlich mehr Draken würden den Kampf mit dem Nordvolk aufnehmen, wenn sie den ersten Schritt in Richtung eines Krieges täten. Und dann würde sein Volk sterben ...

Der mit runden Wänden ausgestattete Raum war winzig. Nur eine Tür führte zur Treppe — und hier lag die Krux: Drei der härtesten Krieger der königlichen Leibgarde bewachten sie von außen. Er hatte keine Chance, über den normalen Weg zu entkommen.

Gibt es einen anderen Zauber, der mir hieraus helfen würde?

Ein weiterer Weg führte durchs Fenster, die steile Wand des hohen Turms hinab. An dieser gab es nicht einen einzigen Mauervorsprung, an dem sich Kortan hätte festhalten können. Fliegen stellte ebenso keine Option dar — das vermochten nur die Drakenreiter des Westens. Der Prinz schlug die Hände vors Gesicht und seufzte. Er war im Begriff aufzugeben.

Nach einem weiteren Blick durch das Fenster zum dunklen, mit Sternen übersäten Himmel fasste er neuen Mut. Eine waghalsige Idee schlich sich in seinen Kopf, die zur Ausübung er zwar imstande war. Jedoch würde er alles riskieren. Seine Autorität, seinen Stand, seine Heimat und vielleicht sein Leben. Kortan hatte keine Wahl. Er fühlte sich dazu verpflichtet, das Überleben seiner Familie – seines gesamten Volkes zu sichern. Die Draken würden es sonst auslöschen!

Er schulterte seine Zweihandaxt und öffnete das Fenster nach innen, durch das er nur hindurchpasste, wenn er einen konzentrierten Kopfsprung ausführen würde. Dann ging er ein paar Schritte zurück bis zur Tür am anderen Ende des Raumes und fokussierte sich dabei auf die kleine, runde Öffnung. Dabei berührte seine Axt hörbar die Tür.

»Was macht Ihr da, Prinz Kortan? Alles in Ordnung?«, fragte die eine Wache.

»Bin nur versehentlich an die Tür gekommen! Mir ist langweilig!«, erwiderte Kortan und hoffte darauf, dass die Wache mit dieser Erklärung zufrieden war.

»Legt Euch wieder hin, mein Prinz! Die Nacht ist nicht mehr lang!«, sagte die Wache in einem unterwürfigen Ton. Sonst stand der Soldat unter Kortans Kommando. Es waren besondere Umstände für ihn und seine eigenen Leute.

»Ja, das mache ich – es wird Zeit! Bis morgen!«, sprach er durch die Tür, rannte unvermittelt los und sprang durch das offene Fenster in die Freiheit. Seine schwere Rüstung ließ ihn wie einen massigen Stein hinab in die Tiefe fallen. Das Dach des Königspalastes näherte sich rasant. Sein Herz pumpte auf Hochtouren.

Jetzt oder nie.

Er streckte seine Arme aus und schoss einen Eisstrahl auf den Punkt des Daches, auf dem er landen würde. Als er merkte, dass der Strahl zu kraftlos war, vertiefte er seine Konzentration auf die ihm innewohnende Magie. Daraufhin schoss ein gewaltiger Energiestrahl aus Eis aus seinen zusammengeführten Händen, der den Fall des Prinzen verlangsamte. Auf den letzten Metern war er durch den Energiestoß so stark abgefedert worden, dass er kurzerhand mit Leichtigkeit auf einem Eisklumpen landete, der sich durch seinen Zauber auf dem Dach bildete. Es erschien ihm, als wäre er nur kurz hochgesprungen. Der Zauber hatte seine Wirkung erfüllt! Ein Lächeln und Erleichterung überkamen ihn.

Du Glückspilz.

Er schaute am Mauerwerk hinunter. Die Dächer des Königspalastes waren in unterschiedlicher Höhe konstruiert worden. Dies ermöglichte ihm, mit Leichtigkeit von einem Dach zum anderen nach unten zu springen. Das letzte Stück war am einfachsten, denn eine Leiter lehnte für den Ziegelmeister an der Häuserwand. Endlich war er am Boden angekommen, hielt sich dann im Schatten der Stadtmauern und umrundete den Gebäudekomplex. Er trat erst aus der Deckung, als er weit genug vom Palast und den Feierlichkeiten entfernt war. Am Stall machte er seinen weißen Hengst los und ritt mit ihm zum Tor.

»Macht das Tor auf!«, rief er den Wachen zu. Er war sich sicher, dass des Königs Befehl die treuen Gefolgsleute am Tor noch nicht erreicht hatte. Dafür hatten die Nordleute im

Langhaus zu viel Spaß. Wie er vermutete, öffnete sich das Tor ohne Widerworte für den Prinzen. Er hatte es geschafft. Doch die größte Aufgabe lag noch vor ihm ...

IV

Der Gipfel näherte sich und damit potenzierte sich die Kälte. Sein Pferd würde nicht mehr lange aushalten. Daher stieg er ab und gab ihm einen Klaps. Daraufhin verschwand es in Richtung Konhal. Er stapfte zielgerichtet durch den Schnee. Die Nacht wich allmählich dem Tag – er fing an, zu rennen. Er hätte schwören können, dass er ein paar Krieger aus Konhal herausstürmen hörte ...

Endlich kam er zur Höhle und rannte mit gezückter Axt hinein. Er machte keine Anstalten, sich still zu verhalten, und stürmte auf den Draken zu, der ihn längst mit ausgebreiteten Flügeln in Habachtstellung erwartete. Kortan vermutete, dass der Draken seine Anwesenheit spüren konnte, noch bevor er den Gipfel erreicht hatte. Der Prinz des Nordens hielt seine Axt bedrohlich vor sich. Daraufhin brüllte der Draken und stieß dabei einen Eisstrahl hinaus, der den Kronprinzen nahezu von den Füßen riss. Er war gezwungen, sich mit aller Kraft entgegenzustemmen und einen Schutzzauber zu wirken, der einen schwebenden Eisschild vor ihm formte. Kortan schloss seine Augen und konzentrierte sich.

Wie soll ich dich bezwingen, ohne dir zu schaden?

Die Zeit spielte gegen ihn.

Der Draken unterbrach den Eisstrahl abrupt und schwang seine Schwanzspitze wie eine Keule gegen den Kronprinzen, der seine Axt verlor und an die Wand geschleudert wurde. Damit hatte Kortan nicht gerechnet. Er keuchte. Ein Schmerz pochte in seiner linken Schulter. Sofort schnappte der Draken zu. Der Prinz war imstande, sich in letzter Sekunde über seine verletzte Schulter zur Seite zu rollen und den scharfen Zähnen zu entgehen. Dabei hob er seine Axt vom Boden auf und stand dem Draken abermals ebenbürtig gegenüber. Er holte aus und traf den Kopf des Draken dort, wo sein Horn bogenförmig zum Nacken führte. Die Axt durchdrang die stählernen Schuppen des Draken jedoch nicht. Der harte Aufprall schlug in die Arme des Nordmannes zurück. So würde er nicht weiterkommen. Der Draken schwang seinen rechten Flügel und drückte seinen Widersacher weg.

»Komm schon!«, rief Kortan angespannt und keuchte dabei, als er seinen festen Stand wiedergewann. Er umklammerte seine Axt und konzentrierte sich. Ein Sturm aus Eis wirbelte immer stärker um ihn herum. Der Draken brüllte und beobachtete das Spektakel. Dann führte Kortan seine Axt nach vorn, bündelte den Eissturm in einem Punkt vor seiner Waffe und schrie seine ganze Magie heraus. Der Strahl schoss auf den Draken zu und bedeckte ihn mit einer Eiskruste. Kortan atmete schwer und musterte den erstarrten Draken. Was würde jetzt passieren? Hoffentlich hatte er dem Draken nicht zu sehr geschadet – er brauchte ihn. Er hatte kein Interesse daran, ihn zu töten.

Als sich Schuldgefühle bei Kortan aufgrund eines vermeintlich groben Fehlers aufstauten, gab es einen plötzlichen Knall und der Draken brach aus seinem Eisgefängnis. Er brüllte unzählige Eiskristalle von der Decke. Kortan war gezwungen, sich mit einem Zauber vor dem Einsturz zu schützen. Dann schüttelte sich der Draken und sah verdutzt zu Kortan herüber. »Ich hoffe, du verstehst mich jetzt, Draken!«, sagte er herausfordernd. Der Draken schnaubte und bewegte sich ein Stück zur Seite.

»Ja, ich glaube, du weißt Bescheid ...«, sagte Kortan mit einem Schmunzeln.

Ein Gewimmel von Geräuschen erklang in der Höhle und ließ ein Echo der Gefahr in seine Ohren dringen. Ein paar der besten Krieger stürmten im Auftrag des Königs in voller Kampfrüstung mit gezückten Waffen herein. Zu ihnen gesellten sich die beiden Erzmagier, die sich für den Ernstfall bereithielten, Eis- und Schutzzauber aus ihren Händen zu wirken. Auch sie hatten sich eine Rüstung über ihr Magier-Gewand gestülpt. Die Gefolgsleute stellten sich um den Draken herum auf.

V

»Prinz Kortan, geht aus dem Weg! Ihr habt hier nichts verloren!«, rief einer der Erzmagier erbost und bereitete mit beiden Händen einen Eiszauber von einer Größe vor, die Kortan auch unter extremer Anstrengung und Konzentration nicht hätte wirken können.

»Das könnt ihr nicht machen! Wir brauchen ihn!«, rief Prinz Kortan und rannte auf den Erzmagier zu. Der Magier schoss einen Eisstrahl gegen den Prinzen und ließ ihn zu einem Eisklumpen erstarren. Sein Kopf und seine Hände blieben dabei frei. Er schrie seinen Frust heraus.

»Wir wollen nur Euer bestes, mein Prinz«, sagte der erste Magier und wirkte bereits den nächsten Zauber. Die zwei Erzmagier bündelten ihre machtvollen Eisstrahlen und schossen sie gemeinsam gegen den Draken. Dieser brüllte daraufhin und stieß einen Mix aus blauem Feuer und Eis aus seinem Maul heraus, der den Zauber der beiden Erzmagier abwehrte. Der Auswurf des blauen Feuers wechselte zu einem beständigen Eisstrahl, der zur Garde des Königs wanderte, die dadurch erfror. Der zweite Erzmagier versuchte, einen Gegenzauber zu wirken – ohne Erfolg. Die Garde blieb weiterhin im Eis erstarrt.

Kortan erkannte: Die Magie des Magiers war nicht auf derselben Wellenlänge mit der Magie des Drakens.

Das ist es! Ich selbst hatte es geschafft!

Dieses Gefühl … Der Draken und Kortan waren sich beide darüber bewusst. Beide fühlten es. Es war eine Verbindung, die ein Normalsterblicher nicht begreifen konnte.

In der Folge intensivierten die Erzmagier ihre zerstörerischen magischen Künste in einem mächtigen

Eisstrahl, der den Draken brach: Er war gezwungen, zurückzuweichen, wurde unter der Last des Eiszaubers bedeckt und erstarrte zu Eis. Die Erzmagier hörten auf, den Eiszauber zu wirken. »Wir haben es geschafft«, sagte der Eine. Kortan schrie.

»Jetzt schneiden wir ihn in Scheiben«, forderte der ältere Erzmagier den jüngeren auf. Sie näherten sich dem Draken und wirkten einen Zauber, der jeweils ein scharfes Eisschwert in ihren Händen erscheinen ließ.

»Nein! Stopp!«, rief Kortan mit zitternder Stimme. Doch die Erzmagier hörten nicht auf ihn. Sie traten vor den Draken und holten aus ...

»Neeiin!«, schrie Kortan nochmals – diesmal voller Zorn – und entfachte ein loderndes Feuer, das durch seine Leidenschaft geschürt wurde. Das Feuer ließ erst das Eis schmelzen, das ihn gefangen hielt, wirbelte danach in der Höhle herum und schmolz die Eisblöcke, in denen die Soldaten eingesperrt waren. Kurzerhand taute das Feuer den Draken auf. Die beiden Erzmagier schreckten daraufhin von diesem zurück.

Als der Draken aus dem schmelzenden Eis ausbrach, brüllte er lautstark durch die Höhle und wich nicht vor dem Feuer zurück – denn es war keine feindselige Magie. Er spürte, wer das Feuer entfachte. Darüber war sich Kortan bewusst. Der Draken spie seinen Eisfeuerstrahl gegen die Erzmagier, die gegen die gebündelten magischen Kräfte des Draken und des Kronprinzen keine Chance hatten. Sie wurden samt königlicher Leibgarde zum Höhlenausgang zurückgewirbelt.

»Prinz Kortan, das war ein Fehler!«, sagte einer der Erzmagier, der nun erkannte, dass sie keine Chance gegen das neu entfachte Feuer des Kronprinzen hatten. Solch eine Magie war für die Nordmänner schwierig zu kontrollieren. Kortan stand im Auge seines geschürten Feuersturms und sah bedrohlich zur Königsgarde. Der Erzmagier fuhr fort: »Ihr werdet ausgestoßen! Noch könnt Ihr Euch anders entscheiden! Begeht keinen Fehler! Die Draken sind gefährlich! Sie führen zu unserem Untergang ...«

»*Ohne* sie ist es unser Untergang ... Wir haben so viel zu lernen ... so viel zu geben!«, brüllte Prinz Kortan der königlichen Leibgarde entgegen. Der Draken stellte sich verständnisvoll und unterstützend neben ihn.

»Letzte Chance, Prinz Kortan. Sonst muss Euer Vater Euch aus Konhal verbannen ... Wir werden Jagd auf den Draken machen und nicht eher ruhen, bis dieser besiegt ist!«, drohte der Erzmagier.

»Und ich werde ihn verteidigen! Ihn und das wertvolle Leben, das mir sonst nicht gegeben wäre!«, schrie Kortan zurück und stieß eine Feuerwand auf die königliche Garde, die daraufhin aus der Höhle hinausgeschleudert wurde. Nachdem sie ihre brennenden Kleider im Schnee gelöscht hatte, flüchtete sie gen Konhal. Ruhe kehrte wieder in der Höhle ein. Kortan glich seine Gefühle aus – das Feuer erlosch und verflog. Der Draken starrte Kortan an. Der nun verbannte Nordmann legte seine Hand auf die Stirn des Draken. Beide spürten eine besondere Verbindung, die sie sonst nicht kannten. Ihnen war bewusst, dass es keinen Ausweg gab. Sie waren dazu gezwungen, zusammenzuhalten.

»Wir müssen fliehen, weg von alledem«, sagte Kortan der Verbannte wehleidig. »Ankrubutis – da wird man uns aufnehmen. Da werden Draken und Menschen wie ich geschätzt.« Als er dies aussprach, sagte er es auch mit seinem Herzen und der Draken verstand. Der Draken wandte sich von ihm ab und begab sich in den hinteren Teil der Höhle. Kurzerhand kam er mit einem etwas kleineren Draken mit helleren Schuppen wieder, der ein Ei im Maul trug. Kortan lächelte. Er hatte eine Familie gerettet – das war das Wichtigste. Er nickte dem Draken zu. Dieser bewegte den Kopf und deutete auf seinen Rücken. Kortan kletterte hinauf.

Der Draken flog aus der Höhle. Seine Partnerin mit dem Ei im Maul kam hinterher. Sie flogen hoch in den Himmel, bis der Gipfel des Berges und die Stadt Konhal so winzig wie Ameisen erschienen. Das Drakenpaar steuerte Südwesten an. Kortan kannte den Weg und gab wortlos dem Draken die Richtung vor: den Weg nach Ankrubutis, der Drakenstadt, der Königsstadt, das Reich des Königs Toron II.

DER DICKE UND DER DÜNNE

DER SCHATZ

[Science-Fiction Komödie]

Bildnachweis: Nicolas Gras, Unsplash

*Wir suchen die größten Kostbarkeiten,
um unser Leben schicker zu gestalten.
Doch sollten wir uns dazu verleiten,
primär unsere Liebe und Freundschaft festzuhalten.*

D. O. R.

DER DICKE UND DER DÜNNE

I

Der dicke Buddy schleppte sich in die SeventyFive Bar. Nach einem kurzen Blick durch die Bar bewegte er sich auf die Theke zu. Er setzte sich auf einen freien Platz zwischen zwei grüne Wesen mit Tentakeln, die aus den verschiedensten Stellen wuchsen. »Einen SeventyFiver!«, grunzte er dem mexikanischen Barkeeper entgegen. Dieser stellte ihm zügig ein Glas auf den Tisch und kippte den harten Tropfen hinein.

»Was ist dir denn über die Leber gelaufen, Amigo?«, fragte ihn der Barkeeper mit seinem mexikanischen Akzent.

»Das willst du lieber nicht wissen«, antwortete Buddy und trank den SeventyFiver in einem Zug aus. Ein wenig tropfte von seinem schwarzen Vollbart herunter. Der SeventyFiver schien ihm nichts auszumachen.

»Ho! Amigo! Was für eine Stärke von Innen - he!«, lobte er ihn und klatschte in die Hände.

»Du heißt Freddy?«, fragte Buddy den Mexikaner, als er auf sein Namensschild sah.

»Si«, antwortete Freddy und unterbrach sofort den Beifall. »Wieso?«

»Du bist Mexikaner und heißt Freddy?«

»De Puta Madre!«, fluchte Freddy. »Ständig werde ich darauf angesprochen! Das hat dich nicht zu interessieren! Wehe, du fragst nochmal danach! Dann spucke ich dir das nächste Mal in deinen SeventyFiver!«

»Schon gut, schon gut!«, beschwichtigte ihn Buddy. »Gieß mir dann nochmal was nach. Ich warte auf jemanden.«

»Auf wen?«, fragte Freddy und goss einen weiteren Kurzen ins Glas. »Vielleicht kann ich helfen?«

»Auf einen Betrüger«, sagte Buddy und kippte sich den zweiten SeventyFiver in den Rachen. Wieder keine Reaktion.

»Dieser Betrüger muss sich warm anziehen, wenn du dir schon dieses Getränk wie einen süßen Likör hinter die Binde kippst!«, erwiderte Freddy. Buddy lachte.

»Wenn du wüsstest…«

»Erzähl!«

Buddy musterte Freddy durch seine zusammengekniffenen Augen. Dann holte er tief Luft.

»Na gut, ich werde es dir erzählen…«, ging der dicke Buddy seine Geschichte an.

II

»Alles fing damit an, dass ich mit meinem Raumschiff Betty nach Dante – ein Planet, der nicht viel Grünes zu bieten hatte – geflogen bin. Ich habe gehört, dass es da einen Kerl gibt, der einem arbeitslosen Schmuggler wie mir weiterhelfen könnte. Du musst wissen, Dante ist der Planet in der Milchstraße, auf dem sich Händler aus unterschiedlichsten Welten treffen, um die seltensten und kuriosesten Waren zu handeln. Da er relativ weit am Rand der Milchstraße liegt, werden natürlich auch viele verbotene Waren angeboten und es wird ständig ein geeigneter Schmuggler gesucht, der diese Waren durch die Galaxis fliegen kann, um sie an den neugierigen Augen der Regierung unbemerkt vorbei zu schleusen.

Ich bin also auf dem Planeten – dem Vorhof zur Hölle – im Hafen gelandet. Der Hafen der Hauptstadt St. Cryk ist eine wahre Augenweide, sag ich dir. Die einzelnen Landeplattformen verteilen sich zwischen einem riesigen Gebäudekomplex. Nun ja, ich habe also meinen Frachter Betty verlassen und bin in das Gebäude getreten. Da war Himmel und Hölle los, sag ich dir. Massen von Menschen und aller möglichen anderen Spezies waren dort unterwegs. Sie handelten Waren, die ich noch nie in meinem Leben zuvor gesehen habe.

›Frischen Krija?‹, bot mir der eine blauschuppige Händler an und hielt mir blaues Getreide hin. ›Das Beste Kalingas!‹ Ich winkte ab und hielt auf die Bar St. Ken's zu, die schon im ersten Hallenkomplex an einer Ecke zu finden war. Dort war der Typ ansässig, der mir einen Auftrag geben könnte. Nun – ich betrat die Bar und setzte mich an die Theke. Der Besitzer kam auf mich zu.

›Guten Tag, mein Name ist Ken. Was kann ich dir zu trinken bringen?‹, fragte er mich. Ich wusste, dass es nach einem Codewort verlangte. Ich sagte also: ›Einen doppelt gespritzten Untereibrätler mit versteckter Zugabe.‹ Ken verstand sofort und nickte. Er gestikulierte, um mir zu sagen, dass ich ihm folgen sollte. Wir gingen durch die Tür neben der Theke und waren in einem kleinen Lager angekommen. An der hinteren Wand gab er eine Kennung ein und es öffnete sich eine weitere versteckte Tür zu einem gut geschützten Innenhof. Hier waren massenhaft Kisten aufgestellt. Dann drehte er sich zu mir um.

›Ich brauche jemanden, der mir diese zehn Kisten nach Bangtalantiknaping schmuggelt‹, sagte er. Er bezahle wohl gut. Ich nickte. ›Gut, dann flieg deinen Frachter hierher. Ich lasse dir den Hangar öffnen.‹ Gesagt, getan. Ich hatte die Ware schnell aufgeladen und war auch schon wieder im Weltall mit den entsprechenden Koordinaten.«

»Und was hat das alles mit diesem ominösen Betrüger zu tun?«, fragte Freddy den erzählenden Buddy.

»Das möchte ich doch gerade erklären… Hör zu!«, keifte Buddy und erzählte weiter.

»Als ich mich das erste Mal schlafen legte, fiel mir nichts auf. Alles total ruhig. Aber am nächsten Morgen…«

III

Buddy wachte erholt auf. Er verließ seine Koje, trat in die gegenüberliegende, übersichtliche Küche und zog eine Packung Instant-Food aus einer Schublade, die automatisch auffuhr, als er seine Hand über sie führte. Hatte er nicht ein paar mehr Packungen in dieser Schublade liegen? Er hatte sie schneller geleert, als gedacht, vermutete Buddy. Er legte die Packung in den Instant-Food-Aufbereiter und startete das Programm. In einer Minute würde sein Essen fertig sein. Er sah kurz in seinem Cockpit vorbei, um den Stand zu checken. Er setzte sich vor die Anzeige – ein Hologramm, das sich über die gesamte Cockpitscheibe ausdehnte – und studierte die zu fliegende Route und das Ziel.

»Bangtalontiknapong«, versuchte Buddy hoffnungslos korrekt auszusprechen.

Hört sich selbst beim zweiten Mal irgendwie immer noch fremd an …

Er hatte so vertieft auf die Karte im Hologramm gestarrt, dass er total seine Mahlzeit vergaß! Und so vergesslich war er sonst nie, wenn es sich um eine Speise handelte. Er verließ das Cockpit in Richtung Küche. Als er den Instant-Food-Aufbereiter erreichte, fand er nicht einen Bissen mehr darin. Das ganze Essen war weg. Fassungslosigkeit machte sich breit.

»Paquito!!!«, rief Buddy durch seinen Frachter. Tief hinten im Frachtraum knallte es und wenige Sekunden später kam ein winziger Roboter angefahren. Er verfügte über einen menschenähnlichen schwarzen Korpus. Ab der Hüfte abwärts hielten zwei Stangen seinen Oberkörper an einem Rad, mit dem der Roboter in der Lage war, nach vorn oder hinten zu düsen. Sein Oberkörper und seine beiden Arme waren in ihrer Beweglichkeit eingeschränkt. Eine schwarze Kugel mit einer schwarzen Linse in der Mitte stellte seinen Kopf dar. Unter der Linse lag eine durch ein Gitter verdeckte Sprecheinrichtung.

»Was gibt es, Buddy?«, fragte Paquito mit einer verzerrten Stimme.

»Was es gibt? Guck dir das an!«, sagte Buddy genervt und zeigte seinem Roboter den leeren Teller aus dem Instant-Food-Aufbereiter. Paquito wunderte sich darüber und bewegte seinen Oberkörper nach vorn und zurück. Danach sah er Buddy in die Augen.

»Ein Teller – findest du ihn nicht ansprechend?«, erwiderte der Roboter.

»Quatsch, Paquito! Das Essen was ich mir eben machte, ist nicht mehr drauf!«

»Hast du zu schnell gegessen? Dann mach dir noch einen Teller …«

»Ich habe nichts davon gegessen!«, schrie Buddy seinen Frust heraus. Paquito drehte erst seinen kompletten Oberkörper und anschließend seinen Kopf losgelöst um 360 Grad und besah sich den Boden.

»Fehler – Das Essen finde ich nicht auf dem Boden.«

»Paquito – bist du so blöd oder tust du nur so?«

»Kein Grund ausfallend zu werden …«

»Wenn du das Essen nicht durch deinen Blechschädel gezogen hast, haben wir einen blinden Passagier an Bord!«, keifte Buddy, darum bemüht, seine Stimme flach zu halten.

»Oh – blinder Passagier!«, wiederholte Paquito daraufhin mit erhobener Stimme.

»Pscht – nicht so laut! Wir wollen ihm doch eine Falle stellen!«, erwiderte Buddy. Er lächelte und hob seine Stimme wieder. »Mensch Paquito! Konntest du dich nicht zügeln? Jetzt muss ich mir nochmal Essen machen!« Paquito drehte seinen Kopf hin und her.

»Buddy – jetzt versteh ich gar nichts mehr …«

Buddy schüttelte den Kopf. »Hohler Blechschädel …«

Der Dicke bereitete sich ein weiteres Gericht im Instant-Food-Aufbereiter auf und blieb wie angewurzelt stehen. Seine Mahlzeit war ihm heilig, die es zu beschützen galt.

Wie kann ich bloß den blinden Passagier aus seinem Versteck locken …

Denn eines war glasklar: Seine Betty war nicht sonderlich überschaubar. Er hätte sich in dem Frachtraum tot suchen können.

IV

Buddy war alles andere als geduldig. Er war gezwungen, sich zusammenzureißen, sonst würde er den blinden Passagier nie finden. Innerhalb der letzten halben Stunde hatte er ein paar versteckte Kameras in der Küche installiert. Zur Mittagszeit bereitete er zwei Packungen Instant-Food auf und preiste diese Gerichte lauthals als seine besten Mahlzeiten an, die er auf die Fahrt mitgenommen hatte. Dann setzte er sich für die paar Minuten in sein Cockpit und beobachtete die Bildschirme. Er hatte alles unter Kontrolle …

Und wie erwartet schlich sich ein dünner Mann mit blondem Haar und ausgefranster Kleidung an den

Instant-Food-Aufbereiter und machte sich ohne Zögern über das Essen her.

Jetzt oder nie.

Buddy sprang auf und rannte zur Küche. Dort bemerkte der blinde Passagier, dass er aufgeflogen war, und stürmte knapp vor Buddys ausgestreckten Arm in den Frachtraum zurück.

»Scheiße, wenn ich nicht so fett wäre!«, schnaubte Buddy und rannte wesentlich langsamer und plumper hinterher. Doch Buddy war nicht allein: Paquito rollte sich in den Fluchtweg des blinden Passagiers, der daraufhin über den Roboter stolperte und mit dem Gesicht in einer Ladung Pflanzendünger landete. Buddy packte den blinden Passagier am Kragen, zog ihn daran hoch und drohte ihm mit seiner Faust. Paquito rollte um den Gestürzten herum und sagte: »Erwischt – erwischt – erwischt!«

»Stopp Dickerchen! Nicht so hastig, nicht so hastig!«, rief der blinde Passagier und hielt sich schützend die Hände vor sein verschmiertes Gesicht. »Das würdest du doch nicht wagen, einem wehrlosen ungefährlichen Vagabunden wie mir zu schaden!«

»Das lass mal meine Sorge sein! Du bist ein blinder Passagier! Und weißt du, was man mit blinden Passagieren machen kann?«, erwiderte Buddy erbost. Der blinde Passagier schüttelte den Kopf. »Man kann ihn auf einem gottverlassenen Planeten aussetzen – ohne Nahrung.« Buddy lächelte. Seine Augen formten sich zu einem kaum wahrnehmbaren Schlitz.

Würde Buddy nicht mit seiner Faust drohen, hätte man annehmen können, er schliefe.

»Nein! Gnade! Gibt es nicht eine andere Möglichkeit?«

»Kristallisieren steht auch noch zur Auswahl. Die einfachste Methode. Dann kommst du in die Schleuse und wirst von mir ohne Lebenserhaltungssysteme ins Weltall befördert ...«

Der blinde Passagier schreckte auf. »Gibt es noch eine dritte Möglichkeit?«

Buddy schüttelte den Kopf und grinste dabei. Dann hob er ihn auf die Beine und schleifte ihn zur Schleuse.

»Gnade! Ich bin nicht mit Absicht auf dein Schiff geraten! Ich musste mich vor bösen Buben verstecken!«, flehte der blinde Passagier.

»Und ist das mein Problem?«, fragte Buddy.

»Ich weiß etwas über Bangtalontiknapong, was du nicht weißt!« Buddy hielt inne.

»Was denn?«

»Ein sehr gefährlicher Ort ... voller ... Gefahren ...«, stotterte der blinde Passagier.

»Verarschen kann ich mich auch alleine!«, erwiderte Buddy hart und schliff ihn weiter zur Schleuse.

»Nein – okay – die volle Wahrheit!«, sagte der blinde Passagier und sah in seines Widersachers Augen. Dieser erweichte.

»Nun gut – erzähl denn!«, forderte Buddy auf.

»Die Leute, die hinter mir her waren, kommen vom Planeten Bangtalontiknapong. Sie wollen mich, weil ich ihren Schatz gestohlen habe.«

»Einen Schatz?«, Buddys Augen weiteten sich, dass seine Pupillen wieder erkennbar waren.

»Ja, einen sehr wertvollen Schatz.«

»Wo ist der Schatz?«

»Ich habe ihn natürlich nicht bei mir. Aber ich habe ihn versteckt. Die bösen Buben dachten, ich hätte ihn mitgenommen. Dabei habe ich ihn auf ihrem eigenen Planeten gut versteckt.«

»Und das soll ich dir glauben?«, fragte Buddy skeptisch.

»Ja – deswegen erzähle ich dir das ja.«

»Um deinen Arsch zu retten!«, sagte Buddy und zerrte dem blinden Passagier noch stärker am Kragen.

»Nein! Auf keinen Fall! – Lass uns eine Abmachung treffen: Wir fliegen gemeinsam dahin und wenn ich dir keinen Schatz liefere, kannst du mit mir machen, was du willst. Und wenn wir einen Schatz vorfinden, bekommst du einen gewaltigen Anteil, mit dem du nie wieder arbeiten musst – sowohl ehrlich als auch unehrlich. Na, wie sieht's aus?« Der blinde Passagier sah Buddy hoffnungsvoll an.

Immerhin habe ich nichts zu verlieren ...

Es war ja dasselbe Ziel. Es war möglich, zwei Fliegen mit einer Klappe zu schlagen. Geld würde er nicht verlieren, höchstens Zeit.

»Abgemacht!«, sagte Buddy und ließ den blinden Passagier auf den Boden fallen. Kurzerhand stand er – agil wie er war – blitzschnell auf und streckte seine Hand aus.

»Ich heiße übrigens Trent«, sagte der blinde Passagier. Seine hellblauen Augen schienen zu leuchten.

»Ich nicht«, erwiderte Buddy und kehrte wortlos zum Cockpit zurück.

»Ich weiß! Du heißt Buddy! Hatte ja Paquito schon erwähnt!«, rief Trent seinem neuen Gefährten hinterher. »Charmant ...«

Trent eilte ins Bad – und wusch sich den Dünger vom Gesicht.

V

»Da ist es ja endlich!«, stöhnte Buddy total entnervt. »Noch einen Tag mit dir an Bord hätte ich nicht ausgehalten ...«

»Bangtalontiknapong!«, sagte Trent mit einem Lächeln.

»Hätte der Arsch der Welt einen Namen – er würde genauso heißen«, brummte Buddy.

Trent zog eine Grimasse. »Wenn du dich da mal nicht irrst ...«

Der Planet war grün – eine Oase im toten Weltraum. Er war beinahe komplett naturbelassen. Als Betty durch die Wolkendecke brach und zur Landung ansetzte, waren die Städte und Dörfer kaum zu sehen. Alle Gebäude schienen eins mit ihrer Umwelt. Hier und da zogen Flüsse durch die Wälder. Hügel und Berge erstreckten sich über die Landschaft. Am Horizont schimmerte das Meer.

»Einen schöneren Planeten habe ich noch nie gesehen«, staunte Buddy. Trent lächelte und nickte wortlos. Er zeigte auf eine Lichtung im Wald und wies Buddy an, dass er dort landen könne. Buddy ließ Betty langsamer werden und gab ausschließlich Schub auf die Subtriebwerke – die Triebwerke unterhalb des Raumschiffes. Er landete sanft und sicher in der Lichtung. Die Triebwerke schalteten sich ab.

»So – wo ist der Schatz?«, fragte Buddy seinen ihm aufgezwungenen Begleiter.

»Nicht weit von hier – deswegen sind wir hier gelandet«, sagte Trent. Sie stiegen aus dem Raumschiff – Paquito blieb zurück.

Die beiden Gefährten verließen die Lichtung durch ein Waldstück. Nach einem knappen Kilometer über das Unterholz erreichten sie ein Dorf. Hier gab es eine überschaubare Anzahl an Holzhütten, die in und um die Bäume gebaut waren. Jedwede Spur von den Bewohnern war wie weggewischt.

»Das ist komisch ... Niemand da ...«, sagte Trent.

»Was für eine Spezies ist hier überhaupt beheimatet?«, fragte Buddy.

»Die Bangtalontiknapongs«, antwortete Trent. Buddy verzog das Gesicht.

»Darauf hätte ich auch selbst kommen können«, brummte Buddy. »Wie sehen sie aus?«

»Uns Menschen sehr ähnlich«, antwortete Trent. »Sie haben die gleiche Statur wie wir. Ihr Gesicht ist etwas langgezogener und ihre Augen etwas größer. Ihre Haut schimmert in der Nacht – schön anzusehen. Lästig, wenn man neben einem schlafen möchte.« Trent war kurzerhand peinlich berührt und räusperte sich.

»Und warum ist hier keiner?«, fragte Buddy.

»Na weil sie vor uns geflüchtet sind!«, sagte ein Mensch, der mit vier Gefolgsleuten aus einem anderen Waldabschnitt auftauchte. Sie waren mit Blastern bewaffnet.

»Krasnik, mein Freund!«, heuchelte Trent und streckte seine Hände aus. Daraufhin schoss Krasnik vor Trents Füße. Dieser verharrte in seiner Position.

»Wenn du mich erschießt, erfährst du nie wo sie ist!«, sagte Trent.

»Wer ist sie?«, fragte Buddy.

»Ach, hat unser Trent dir das noch nicht erzählt?«, erwiderte Krasnik. »Er hat Ma'Dria entführt! Die Tochter des Königs Ma'Drio von Bangtalontiknapong! Sie war einem Adligen versprochen!«

»Wie könnt ihr alle immer diesen Namen perfekt ohne Fehler aussprechen?«, wunderte sich Buddy.

»Darum geht's doch gar nicht, Fettwanst!«, erwiderte Krasnik.

»Stimmt das?«, fragte Buddy Trent.

»Nicht ganz«, erwiderte Trent peinlich berührt.

»Du kleiner – « Buddy war daran, Trent zu erwürgen, wurde jedoch kurzerhand von Krasnik unterbrochen.

»Na na na – Jetzt muss ich mal kurz in eure kleine Konversation einsteigen. Der König bezahlt mir viel, wenn ich ihm seine Tochter wiederbeschaffe. Jetzt zu dir, Trent – Wo ist Ma'Dria? Und keine faulen Tricks!«

»Ich sag's dir«, antwortete Trent und führte seine Hand zur Gürtelschnalle.

»Was wird das?«, fragte Krasnik, als Trent auf seine Schnalle drückte. Ein elektromagnetischer Impuls machte alle Waffen funktionsunfähig. Krasnik betätigte seinen Blaster – nichts passierte. »Jetzt bist du dran!« Krasnik und seine Männer rannten auf Trent zu.

»Komm schon Dicker, hilf mir! Du wirst es nicht bereuen!«, flehte Trent seinen Buddy an, als er bereits einem Faustschlag knapp entkam und dem ersten Bösewicht einen Kinnhaken verpasste. Krasnik traf Trent ins Gesicht und ließ diesen zurücktaumeln.

»Woher weiß ich, dass du nicht wieder irgendwelche Lügen erzählst?«, fragte Buddy.

»Es ist eine Zwangsheirat! Ma'Dria und ich lieben einander!« Buddys Herz erweichte. Er ging hinüber zum sich prügelnden Haufen, zog den ersten zu sich, haute ihm mit den Händen gleichzeitig auf beide Ohren und hämmerte seine rechte Faust auf den Schädel des Angreifers. Dieser war sofort bewusstlos.

»Passt auf! Die Fettbacke macht Ärger!«, rief Krasnik und sofort lösten sich zwei weitere ab. Sie kamen mit gehobenen Fäusten auf Buddy zu.

Trent nutzte die Gelegenheit und gab Krasnik einen linken Haken, der sich gewaschen hatte. Krasnik gab ein schmerzliches Stöhnen von sich. Der Attacke des anderen konnte Trent ausweichen und ihm einen Leberhaken sowie einen Handkantenaußenschlag an den Nacken verpassen. Bewusstlos.

Der erste Schläger traf Buddys dicken Bauch mit einem Aufwärtshaken. Nichts passierte. Noch einer. Wieder einer. Keine Reaktion. Der Angreifer staunte und sah blöd aus der Wäsche. Buddy schüttelte den Kopf und hämmerte seine Faust ins Gesicht des Schlägers. Dieser fiel stöhnend zu Boden. Der zweite Schläger kam mit einem Haken, den Buddy mit seinem Unterarm abwehrte und ihm eine Schelle an die linke Wange schlug. Der Erste erhob sich vom Boden und spuckte einen Zahn aus. »Jetzt muss ich wieder zum Zahnarzt, verflucht!« Er griff Buddy erneut an. Eh er sich versah, hatte er die nächste Faust im Gesicht und lag abermals auf dem Boden. Er spuckte einen weiteren Zahn aus. »Oh, das wird teuer!«, jammerte er und hielt sich den Mund vor Schmerzen.

Trent wurde von Krasnik angegriffen, der nicht so spielend kleinzukriegen war, wie seine Leute. Er hatte ein, zwei Schläge einstecken müssen und fiel zurück.

»Die Hochzeit wird stattfinden, Trent! Und du sagst mir, wo ich Ma'Dria finden kann!«

»Niemals!«, erwiderte Trent. Im Hintergrund haute Buddy seine Faust auf die Köpfe der zwei Angreifer. Beide waren sofort bewusstlos. Jetzt kam Buddy auf Krasnik zu. Dieser sah die beiden Gefährten angsterfüllt an und nahm die Beine in die Hand.

»Das hat noch ein Nachspiel, Trent!«, rief er und flüchtete in den Wald.

Buddy war etwas aus der Puste. Trent keuchte und stützte sich auf die Knie.

VI

»Und was jetzt?«, fragte Buddy. »Wo ist deine Angebetete?« Trent lächelte. Er richtete sich auf und gab einen Ruf aus, der sich ungefähr so anhörte: »Kunululululuuhhh Haasipaaa!«

Buddy war perplex. Kurz darauf tummelten sich die Einwohner des Dorfes um sie herum. Buddy besah sich die Damen – zumindest glaubte er, dass es Damen waren. Wie Trent bereits beschrieben hatte: Es waren schöne Wesen – ähnlich den Menschen – nur mit Glubschaugen. Ein paar Bewohner fielen aus dem Schema und sahen doch anders aus.

»Pfui Deibel, ist die hässlich!«, sagte Buddy hörbar. Trent verzog das Gesicht.

»Die können dich verstehen!«, raunte er.

»Pasuupaa! Meine Liebe!«, ließ die eine Bangtalontiknapong verlauten und kam auf Trent zu. Sie berührten sich mit dem ganzen Körper und sie leckte ihm mit ihrer Zunge das Gesicht. Buddy schüttelte sich.

»Ma'Dria! Endlich sind wir wieder vereint!«, sagte Trent und leckte auch ihr das Gesicht von unten nach oben. Buddy schüttelte sich abermals. Ma'Dria drehte sich zu ihrem Volk und sprach einige Sätze in Bangtalontiknapong. Kurz darauf kamen die Damen des Volkes zu Buddy und Trent und küssten sie einer nach dem anderen auf den Mund.

»Ha! Jetzt kanns losgehen!«, rief Buddy mit einem breiten Grinsen auf dem Gesicht und rieb sich die Hände.

»Das ist ihre Art, Danke zu sagen«, belehrte ihn Trent. Buddys Lächeln verflog. Nachdem die Kussorgie beendet war und Buddy das Gefühl hatte, dass nicht nur die Damen Danke gesagt hatten, hielten sich Trent und Ma'Dria in den Armen. Buddy verzog das Gesicht.

»Ja ja, wir wissen es nun alle – wie machen wir weiter? Wo ist der Schatz?«, fragte Buddy aufgeregt. Trent drehte sich wehleidig zu ihm.

»Das ist der Schatz. Die Prinzessin Ma'Dria«, erklärte Trent ihm. Buddy war fassungslos.

»Was?« Trent nahm Buddy ein Stück zur Seite.

»Wenn ich Ma'Dria heirate, bin ich reich. Du wirst dafür entlohnt. Du wirst auch reich! Reicher als du dir vorstellen kannst!«, erläuterte Trent.

»Und wie stellt ihr das an?«, fragte Buddy.

»Das lass mal meine Sorge sein!«

»Gut, dann sag mir wenigstens, wo ich jetzt meine Ladung ausliefern kann!« Trent sah ihn wehleidig an.

»Ähm – da gibt es noch etwas, was ich dir beichten muss – « Buddys Blick verfinsterte sich. Trent fuhr fort: »Ich habe dein Navigationssystem gehackt und dich nach Bangtalontiknapong fliegen lassen.«

»Ja, und? Das war doch dasselbe Ziel?«, fragte Buddy vollkommen ahnungslos. Er verstand nichts mehr.

»Nicht ganz. Dein Ziel wäre Bangtalantiknaping gewesen ...«

»Bangtalalaknapong?«

»…naping!«

»…naping.«

»Bangtalantiknaping«

»Und wir sind auf?«

»Bangtalontiknapong!«, erwiderte Trent.

»Bangtralalanapong ... napong! NAPONG!«, Buddys Zorn artete aus. Er schnappte sich Trents Kragen. Sofort stellten sich die Bangtalontiknapong um die beiden Streithähne.

»Buddy, Trent hat das nur gemacht, um zu mir zurückkehren zu können! Sei nicht sauer auf einen Verliebten!«, versuchte Ma'Dria Buddy zu beschwichtigen. Nach kurzer Bedenkzeit ließ Buddy Trent los.

»Nun gut«, murrte Buddy. »Aber dann gib mir wenigstens die richtigen Koordinaten, dass ich zumindest meinen Auftrag erledigen kann!«

»Die gebe ich dir, Buddy!«, sagte Trent und reichte ihm einen Mikrochip. »Den führst du in deine Datenbank ein und du erreichst Bangtalantiknaping in weniger als einem Tag.«

»Das will ich hoffen!«, drohte Buddy seinem Kumpel.

»Und ich möchte auch mein Versprechen einhalten«, sagte Trent. »Sobald ich Ma'Dria geheiratet habe, treffen wir uns beim Waypoint SeventyFive – den kennst du sicher.«

»Klar, den kennt jeder!«, erwiderte Buddy.

»Okay, sagen wir in einer knappen Woche?«

»So machen wir das!«

VII

»Und was soll ich dir sagen? Der Arsch Trent hatte mir mit dem Mikrochip zugleich einen Peilsender der Schlägerbande in mein Schiff geschleust und dadurch haben sie mich verfolgt, anstatt ihn. Ich konnte sie mir gerade so vom Hals schaffen, indem ich meine Fracht aufgab. Und jetzt muss ich mich vor den Auftraggebern rechtfertigen! Wer weiß, was die mit mir vorhaben! Nach all der Aktion habe ich immer noch kein Geld verdient!«

»Was für eine Geschichte, Amigo!«, sagte Freddy lachend und reinigte dabei ein paar Gläser. »Dieser Trent kann sich wirklich warm anziehen, wenn du ihn erwischst!«

»Davon kannst du wohl ausgehen!«, erwiderte Buddy und haute einen weiteren SeventyFiver weg.

Freddy erstarrte. »Äh, Buddy ... Trent war doch blond und blauäugig, eh?«

»Ja, wieso?«

»Amigo, er steht genau hinter dir!«

»Tag Dickerchen!«, grüßte Trent seinen Buddy. Buddy drehte sich um und erhob sich bedrohlich vom Stuhl.

»Du Schuft – Du kannst dich warm anziehen!«, drohte Buddy.

»Halt Dickerchen – weißt du nicht: Eine Hand wäscht die andere!«

»Und ich wasch dir gleich dein Gesicht!« Buddy holte aus, schlug aber ins Leere, weil Trent sich rasant geduckt hatte.

»Sei nicht sauer, Dicker! Ich habe gute Nachrichten für dich!«, versuchte Trent seinen Buddy zu beschwichtigen und hielt die Hände ausgestreckt vor Buddy.

»Ich habe nichts verdient! Ich kann froh sein, dass ich noch meine Betty habe!« Ein weiterer Haken traf ins Leere. Freddy beobachtete alles aufmerksam. Er sah kurz herüber zum Security-Girl Kendra, die von alldem noch nichts mitbekam – es war vielleicht besser so. Die Bedienungen schwirrten woanders herum.

»Ich habe dir doch gesagt! Es wird sich für dich lohnen! – Ich habe Prinzessin Ma'Dria geheiratet!«, sagte Trent und Buddy hielt inne.

»Das heißt, du bist reich?«, fragte Buddy voller Erwartung mit einem Lächeln auf dem Gesicht.

»Ja – theoretisch«, erwiderte Trent. Buddys Lächeln verflog schlagartig.

»Ich höre?«

»Leider erkennt ihr Vater die Hochzeit nicht an ... Das ist noch eine klitzekleine Hürde, die wir nehmen müssen, bevor wir es uns gut gehen lassen können!«, erklärte Trent.

»Ich hoffe, du hast dich heute schon im Spiegel bewundert – denn diese Visage wirst du nie wieder sehen! Fang schon mal an zu beten!«, rief Buddy und schlug auf Trent ein.

Die nachfolgende Sequenz ist zu brutal, um sie beschreiben zu können. Stellt euch eine extreme Kneipenschlägerei vor, in der vieles in die Brüche ging, aber nichts, was die eifrige Putzkolonne des Waypoint SeventyFive nicht hätte in übermenschlicher Windeseile reparieren können. Auch Security-Girl Kendra war in die Schlägerei verwickelt. Jeder der versucht hatte, sie zu bremsen, wurde von ihr auf den Boden der Tatsachen zurückbefördert (Sie war eine Krit, und mit diesen Amazonen sollte man sich nicht anlegen). Freddy hatte aufgegeben, sich einzumischen, und trank einen SeventyFiver, den er eigentlich für einen Gast eingeschenkt hatte und schüttelte sich daraufhin. Der Gast hätte den Drink sowieso nicht mehr getrunken, denn er lag bewusstlos am Boden. Es gab für weitere zehn Minuten ein Drunter und Drüber. Dann wurde es schlagartig still.

Trent und Buddy waren total aus der Puste. Sie wurden beide am Kragen von der Amazone Kendra festgehalten.

»Ihr Streithähne habt erstmal bis auf Weiteres Hausverbot!«, sagte sie mürrisch und sah durch die Bar. Die Gäste lagen alle ausgeknockt auf den Tischen, Stühlen und am Boden. Die Bar sah aus, als hätte eine Bombe eingeschlagen. »So ein Mist, das wird die Putzkolonne ein paar Minuten kosten! Vielen Dank!« Sie schleifte die beiden zur Tür und schmiss sie vor die Luke, an der Betty lag.

»Ich gehe nicht eher weg, bis ihr ablegt!«, sagte Security-Girl Kendra in einem gebieterischen Ton. Buddy und Trent nickten und schleppten sich durch die Luke ins Raumschiff. Im Cockpit setzten sich beide nebeneinander. Buddy ließ Betty ablegen und in den Weltraum gleiten. Der Waypoint SeventyFive wurde immer kleiner, bis er für das ungleiche Duo nicht mehr sichtbar war.

»Du bist also mit der Prinzessin verheiratet ...«, sagte Buddy genervt.

»Ja«, antwortete Trent.

»Der König erkennt die Hochzeit aber nicht an ...«

»Korrekt.«

»Das heißt – wir sind reich ...«

»... aber haben keinen Penny!«, vervollständigte Trent die Gedanken seines neuen Weggefährten.

»Das ist doch eine verfluchte Sch– « In diesem Moment aktivierte Trent den Hyperraumantrieb und Betty flog durch die grelle Lichterwand gen Bangtalantiknaping – äh natürlich Bangtalontiknapong.

ROTER SAND

[Western Fantasy]

Bildnachweis: Kristina Delp, Unsplash

Roter Sand erstrahlt in voller Pracht,
aber nur an Orten unseres Komforts.
Sind der Menschen Unmenschlichkeiten vollbracht,
sehen wir gern zum Himmel empor.

D. O. R.

I

Der Fremde ritt in die Kleinstadt. Die kritischen Blicke der Bewohner folgten ihm und seinem alten, schwarzen Pferd. Der Fremde hatte einen langen, ungepflegten Bart und lange, schwarze Haare. Der Staub und Sand der Wüste klebten an seinem ganzen Körper. Sein Gesicht war an einigen Stellen blutverschmiert und seine Lippen waren verkrustet.

»Guck dir den mal an!«

»Widerlich!«

»Der könnte mal 'nen Bad vertragen!«

»… und 'ne Rasur!«

»… eine Generalüberholung…«

»Schrecklich!«

»Muss der nicht zum Arzt?«

Die Kommentare der Stadtbewohner ließen ihn kalt. Seine Gedanken rasten nur um sie. SIE. Sie verliehen ihm einen Antrieb, den sich die Wenigsten ausmalen konnten – den sich die Wenigsten wünschen würden, wenn sie das erlebt hätten, was er durchmachen musste. Er stieg von seinem Pferd und blieb schmerzverkrümmt vor dem Saloon stehen. Wundervolle Pianoklänge drangen durch den Eingang. Blut tropfte auf den Sandboden und hinterließ eine rote, trockene Stelle zwischen seinen Stiefeln. Der Fremde bekreuzigte sich und hinkte durch die Schwingtür.

Die Gäste, die nah beim Eingang saßen, verstummten sofort und drehten sich zum Fremden. Der Barkeeper verschwand kurz hinter der Theke und kam mit einer Schrotflinte bewaffnet wieder hervor. »He – wenn du Ärger machen willst, bist du hier falsch!«, rief er und visierte den Fremden an. Der Pianist stellte das Spielen ein. »Du kannst gleich wieder verschwinden!«

Der Fremde hob langsam und beschwichtigend seine Hände. Sie waren blutig. Der Barkeeper und ein paar Gäste, die im Blickwinkel waren, erschraken. »Ihr braucht euch nicht vor mir zu fürchten«, sagte der Fremde mit einer kratzigen, aber ausgeglichen Stimme. »Ich bin auf der Suche nach einer Bande – drei Männer in dunkelgrau und schwarz. Sie kamen vor einigen Stunden hierher geritten. Ich bin ihnen auf den Fersen.«

»Du beschreibst das Trio Infernale ...«, erwiderte der Barkeeper erschrocken. Dieser Name ließ sämtliche Gäste verstummen und dem Gespräch mit dem Fremden folgen.

Der Fremde zuckte mit den Achseln. »Ja, so nennen sie sich wohl ... Aber Namen sind Schall und Rauch – und das werden die drei auch bald sein ...«

»Du willst dich mit dem Trio Infernale anlegen? – Bist du lebensmüde?«

Der Fremde lächelte. »So in etwa.« Wieder tropfte Blut zwischen seine Stiefel auf den Holzboden und trocknete sofort.

»Ist – ist alles in Ordnung?«, fragte der Barkeeper und nahm seine Schrotflinte herunter.

Der Fremde nickte. »Ist schon gut – die drei haben mich erwischt.«

»Soll ich den Arzt rufen?«

»Nein – schon gut. Ich habe die Wunde so gut es ging verbunden. Ein Scotch dürfte helfen – und der Aufenthaltsort der drei Männer.«

Dann nickte der Barkeeper und hieß dem Fremden, sich an die Bar zu setzen. Mit einem kurzen Winken wies er den Pianisten an, weiterzuspielen. Die Gäste fuhren mit ihren Gesprächen fort.

»Scotch ist in diesem Lande selten und teuer«, sagte der Barkeeper. »Und leider habe ich auch keinen mehr. Wie wäre es mit Tennessee Whiskey?«

Der Fremde rümpfte die Nase. »Wenn's nicht anders geht – dann nehm' ich, was da ist.« Er nahm seinen staubigen Hut ab und legte ihn auf die Theke. Seine fettigen Haare fielen über sein dreckiges, blutverschmiertes Gesicht.

Der Barkeeper nickte und holte eine Flasche Tennessee Whiskey und ein Glas hervor, das er füllte.

»Der erste geht aufs Haus«, sagte der Barkeeper.

Der Fremde nickte und trank den Whiskey in einem Atemzug aus. Der Barkeeper beobachtete ihn erstaunt. »Wie ist dein Name, Fremder?«

Der Fremde winkte ab. »Namen sind Schall und Rauch – ich habe den meinen in der Wüste verloren.«

Der Barkeeper schmunzelte. »In deinem Fall dann wohl Stille und Sand.« Er prustete und lachte aus vollem Halse. Als er bemerkte, dass niemand sonst auf seinen Witz einging, hielt er inne und war so still wie der Fremde.

»Und jetzt sag mir, wo ich die drei finden kann«, wies der Fremde den Barkeeper an.

»Möchtest du dich nicht erstmal ausruhen? Du bist ja halb tot! Und hast wahrscheinlich Hunger – und Durst! Außerdem könntest du ein Bad vertragen! Bist du durch die Wüste gekommen? Entspann dich erst einmal!«

Der Fremde winkte ab. »Dafür ist keine Zeit – ich kann es mir nicht erlauben. Ich muss diese drei aufhalten – bevor sie etwas anderes Schlimmes anstellen. Selbst dieses Gespräch hier mit dir zögert meine Mission weiter hinaus.«

»Aber wenn du erst einmal Kräfte sammelst – dich vielleicht mit der ein oder anderen Dame vergnügst –«

»Nein – auf keinen Fall!«, keifte der Fremde. »Nach körperlichem Wohlbefinden – gar Gelüsten steht mir nicht der Sinn!« Dann sprach er eher zu sich selbst, als dass es der Barkeeper bewusst vernahm. »Das wäre Gotteslästerung ...«

»Bist du dir sicher?«

»Absolut – sag mir nun, wo ich die drei finden kann! Ich tue jedermann einen Gefallen – die Welt wäre ohne die drei besser dran ...«

»Einen Reisenden soll man ja bekanntlich nicht aufhalten ...«, sagte der Barkeeper. Dann sah er in die Runde – so, als ob das Nachfolgende niemand anders mitbekommen sollte – lehnte sich nah an den Fremden heran und redete mit gesenkter Stimme weiter. »Die drei hielten hier, haben sich mit ein paar meiner Mädchen vergnügt und ein weiteres mitgenommen. Niemand stellte sich ihnen in den Weg. Sie haben damit gedroht, sie umzubringen. Dann sind sie in Richtung Westen verschwunden. Ich habe zufällig ein Gespräch zwischen zweien aufgeschnappt, als sie sich mit einem Mädchen vergnügten. Sie wollen die Bank in Hazeltown ausrauben!«

»Wann sind sie aufgebrochen?«, fragte der Fremde.

»Vor einer Stunde. Ich hoffe, es geht meinem Mädchen gut ...«

»Wie weit ist es nach Hazeltown?«

»Ein zwei-Stunden-Ritt – eineinhalb Stunden, wenn man ein schnelles und ausdauerndes Pferd besitzt.«

»Meins schafft einen zwei-Stunden-Ritt in einer ...« Dann stand der Fremde auf und lief aus dem Saloon. Der Barkeeper sah ihm nach, als der Fremde sich auf sein altes schwarzes Pferd schwang.

Das Pferd soll schnell und ausdauernd sein?, fragte sich der Barkeeper selbst.

Dann bemerkte der Barkeeper die starrenden Blicke der Gäste auf den Boden vor der Theke. Er beugte sich nach vorn und sah eine enorme, trockene Blutlache, die sich auf dem Holzboden unter dem Stuhl ausbreitete, auf dem der Fremde gesessen hatte. Erstaunt sah der Barkeeper wieder nach draußen und wollte den Fremden zur Vernunft rufen.

Dieser war aber bereits verschwunden. Ein Gast lief zum Barkeeper. »Dass der noch laufen kann, ist ein Wunder ...«

»Dass der noch laufen kann?«, erwiderte der Barkeeper dem Gast. »Nein, nein – es ist ein Wunder, dass er überhaupt noch unter den Lebenden weilt ... Beim Verlust von so viel Blut müsste ihn eigentlich der *Undertaker* mitnehmen ...«

II

Sein Pferd ritt so schnell, wie noch nie. Es wirbelte den Wüstensand auf und hinterließ eine Wolkenspur. Nach einiger Zeit, die für ihn und sein Pferd keine Rolle mehr zu spielen schien, erblickte er einen abgebrochenen Rastplatz, bei dem eine völlig blutverschmierte nackte Frauenleiche lag. Er verzog angewidert sein Gesicht. Seine Entschlossenheit, die drei Peiniger büßen zu lassen, wurde nur weiter bestärkt. Seine Gedanken schweiften auf dem gesamten Weg nicht einmal ab.

Eine Stunde und eine Minute.

Der Fremde sah auf seine Taschenuhr. »Nicht schlecht, alter Freund! Du kannst es noch!« Er tätschelte den Hals seines Pferdes und ritt in die Stadt Hazeltown. Auf dem Weg hatte er die drei Gangster nicht bemerkt. Sie hatten vermutlich bereits die Stadt erreicht und stellten etwas Gottloses an. Er musste sich beeilen – immerhin hatte er eine göttliche Pflicht zu erfüllen. Und diese Pflicht – dieser Antrieb – ließ ihn vorankommen, ließ ihn seine Wunden vergessen, ließ ihn nicht in Ruhe. Ruhe – die hätte er nur finden können, sobald die drei Peiniger zur Hölle gefahren waren.

Die Straßen waren leer. Nicht eine Menschenseele verweilte an der frischen, mit dem Duft von Pferdeäpfeln und anderen Gerüchen angereicherten Luft. Der Fremde bemerkte jedoch so einige heimliche Blicke durch verschlossene Fenster. Sobald er nach oben sah, verschwanden die Augenpaare hinter Vorhängen.

Und dann gab es eine Explosion im Zentrum der Stadt. Eine Rauchsäule stieg gen Himmel empor. Sein Pferd hätte sich unter normalen Umständen aufgebäumt. Aber es blieb stur stehen – zeigte keine Reaktion.

»Da müssen wir hin, alter Freund. Auf ein Letztes ...«

Sein Pferd galoppierte zur in Flammen stehenden Bank. Mehrere Schüsse fielen. Der hiesige Sheriff sackte zu Boden und drei grimmige Gestalten schnellten aus dem Eingang – mit großen Dollarsäcken, die um ihre Schultern hingen.

»Los! Machen wir, dass wir von hier verschwinden!«, sagte der eine mit Schnauzbart.

Doch der Dritte hielt beim Anblick des Fremden inne.

Der Zweite wandte sich zum Dritten. »Jack! Komm schon!«

Jack richtete seinen Revolver auf den Fremden. »Ein Geist treibt hier sein Unwesen!« Nun waren auch seine beiden Banditenkollegen auf den Fremden aufmerksam geworden.

Der Anführer mit dem Schnauzbart rümpfte die Nase. »Du? Haben wir dich und deine Familie nicht in der Wüste sterben lassen?«

Der Fremde stieg ab und schritt zu den drei Gaunern. »Das habt ihr …« Er zog blitzschnell seinen Revolver aus dem Halfter und schoss dem dritten Gauner in die Halsschlagader. Dieser fiel röchelnd zu Boden. Die beiden anderen Gauner reagierten sofort und entleerten ihre Trommeln auf den Fremden, der mit zwölf weiteren Löchern in der Brust zu Boden sackte.

»Fuck! Jack!«, rief der Zweite und ging zu ihm herunter auf die Knie. Jack zuckte und röchelte, das Blut schoss aus ihm wie eine Fontäne. Nach ein paar Sekunden blieb er reglos liegen. Der Sand färbte sich rot.

»Jeff! Lass ihn liegen! Nimm die Kohle und komm!«, rief der mit dem Schnauzbart und setzte sich auf sein Pferd. Jeff schüttelte seinen Kopf und tat, was ihm gesagt wurde. Als er den Geldbeutel auf sein Pferd legte, schnürte sich ein Lasso um seine Kehle. Der Fremde stand wieder auf seinen Beinen und zog Jeff ruckartig zu Boden. Ein Knacken ertönte.

»Das kann nicht sein! Du müsstest mausetot sein!«, rief der auf dem Pferd sitzende Gauner und lud hastig die Kammern seiner Trommel.

Jeff röchelte. Er versuchte vergeblich, das Lasso von seinem Hals zu lösen, das ihm einen tiefen Schnitt im Hals zufügte. Er drehte und windete sich, ohne Erfolg. Das Lasso brannte sich weiter in den Hals des Gauners. Blut fuhr das eng anliegende Seil entlang.

»Ich werde alle rächen, denen Unrecht getan wurde! Ihr habt nichts mehr auf Erden verloren!«, rief der Fremde und zog einmal kräftig am Lasso.

Knack! Jeff verstummte.

Der mit dem Schnauzbart war sichtlich irritiert und zitterte. Die letzte Patrone ließ er unter Mühen in die Trommel gleiten und drehte diese in den Revolver. Ohne zu zögern, feuerte er dem Fremden mehrmals in den Kopf. Dieser sackte ein weiteres Mal zu Boden.

Der Anführer stieg ab und ging zu seinen beiden Männern. »Jeff! – Heilige Scheiße!« Er faltete die Hände über seinen Kopf. Nach kurzer Denkpause war er daran, auf sein Pferd zu steigen – doch es war weg. Ein pechschwarzer, alter Gaul stand an der Stelle, wo noch vor einer Minute sein eigenes Pferd verweilte. Dieses galoppierte am Ende der Straße aus der Stadt – es ging durch. Das schwarze Pferd starrte ihn an. Ein Auge des Tieres verweste längst. Der Anführer zuckte zusammen, schritt nach hinten und rannte gen Westen in den Sonnenuntergang.

»John!«, rief der Fremde. Der Anführer verharrte.

»Das kann nicht sein ... das kann nicht sein ...«, stammelte John der Anführer. Er drehte sich zum Fremden, der sich ihm langsam näherte. Er sah in ein malträtiertes, mit Löchern durchzogenes Gesicht. Aus den Augenhöhlen rann Blut.

»John – das war der Name, der mir im Kopf geblieben ist. Der Name, den deine sogenannten Freunde sagten, bevor du meine Frau und Kinder feige gemeuchelt hast. Der Name, der in meinem Kopf herumgeisterte, als du mir eine Kugel in den Bauch gejagt hast ...«

Johns Angst stieg ins Unermessliche. Er zitterte am ganzen Leib. So etwas Abscheuliches hatte er noch nie gesehen – und das, obwohl er der größte Abschaum auf Erden war.

Der Fremde fuhr mit einer beängstigenden Ruhe fort. »Doch damit ist jetzt Schluss. Mit dem Leid, das du anderen Menschen zufügst. Denn siehe, der HERR kommt gewaltig, und sein Arm wird herrschen!«

Der Fremde hob seinen rechten Arm und zielte mit seinem Revolver direkt auf Johns Kehle – sein Augenlicht brauchte er nicht. Die göttliche Kraft führte ihn. Er gab sich ihr vollends hin.

»Siehe, sein Lohn ist bei ihm und seine Vergeltung ist vor ihm.«

Dann drückte der Fremde ab. Die Kugel traf mitten in Johns Kehle. Dieser röchelte, wie seine beiden Gaunerkollegen vor ihm. Das Blut spritzte aus der klaffenden Wunde wie eine Fontäne. John legte seine Hände um die Kehle und sackte zu Boden. Für eine Weile quälte er sich, dann war auch er tot. Eine Blutlache bildete sich unter ihm.

Der Fremde ohne Namen und ohne Augen sah hinauf in den Himmel und lächelte. Die Gesichter seiner Familie grinsten ihm zu und hießen ihn im roten Licht des letzten

Sonnenscheins des Tages willkommen. Zuerst fiel sein schwarzes getreues Pferd tot um – er folgte kurz darauf.

Er lag ruhig und friedlich inmitten eines Wustes der Zerstörung. Überall war roter Sand.

MEINE GEDANKEN SIND FREI

[Science-Fiction | Solarpunk vs. Street Art]

Bildnachweis: Goh Rhy Yan, Unsplash

*Wir sind frei, um uns auszuleben,
um uns und unsere Kreativität zu entfalten.
Nur so lässt sich die Zufriedenheit heben,
und eine starke Gemeinschaft halten.*

D. O. R.

I

»Bist du dir sicher, dass du das durchziehen willst?«, fragte Dave, nachdem er Lin aus dem Wohntrakt folgte. Sie liefen durch eine Gasse voller pflanzenbehangenen Hauswänden, die weiter oben ausschließlich aus Solarpaneelen bestanden. Durch geschickte Architektur erreichten die Sonnenstrahlen jede Solarzelle. Alle Arbeiterkreise der Stadt ‚Sol‘, die funktionell zusammengesetzte Kommunen darstellten, glichen einer auseinandergenommenen Orgel mit versetzten und unterschiedlich hohen Pfeifen.

»Ob ich mir sicher bin?«, antwortete Lin geladen. Ihr langes grün-orangenes Kleid wehte locker umher. »Ich hab bereits alles in Gang gesetzt. Es gibt kein Zurück mehr. Und außerdem empfinde ich diese Frage als eine Beleidigung! Ich ziehe alles durch, was ich mir in den Kopf gesetzt habe! Das weißt du doch!« Lin erhöhte das Tempo und streifte ein paar Passanten in der vollen Gasse. Sie sah kurz hinter sich zu Dave und deutete ihm, sich gefälligst zu beeilen. Dabei blitzte der Goldschmuck auf, der in ihrem dunklen, lockigen Haar hing. In einer kapitalistischen Marktwirtschaft hätte man über die Bürger dieser Stadt gesagt, sie seien vermögend, gut situiert und prächtig gekleidet. Die Kleider waren seidig weich und farbenfroh. Die am häufigsten getragenen Farben waren weiß, grün, gelb und orange. Je nach handwerklicher oder denkender Tätigkeit variierten die Gewänder in der Länge. Jeder, der sich frei auf der Straße bewegte, trug Goldschmuck. Ohne Ausnahme.

»Aber du bist Künstlerin, keine Revolutionäre!«, wendete Dave ein und hechelte hinter Lin her.

»Das eine kann und darf das andere nicht ausschließen! Künstler*innen wie ich sind in gewisser Weise genau das! Und wir sind dazu verpflichtet, unseren Teil beizutragen, auch wenn das viele Menschen nicht gutheißen wollen.«

»Uns geht es doch gut! Warum um alles in der Welt musst du dann noch eine Revolte anzetteln?«

»Wenn ich zwangsversetzt werde, nur weil ich zu den ‚unproduktiven Bürgern‘ zähle, und einfach das mache, was mich glücklich werden lässt, was meine Selbstverwirklichung ist, dann muss ich eine Revolte anzetteln. Oder zumindest auf diesen Missstand hinweisen.« Sie bogen in die nächste Kurve links und erreichten einen Stand Solarboards. Ein Bio-Kunststoff-Brett war an einer Stange am Ende mit einem Solarpaneel verbunden, das in zwei Metern Höhe in einem Dreieck nach jedem Sonnenstrahl lechzte. Die Solarboards waren alle nummeriert. Über dem Stand hing ein digitales Schild mit der Aufschrift ‚SOLARBOARDS FÜR DEN ARBEITERKREIS SOL 101204‘. Lin setzte sich in den Stuhl, der in der Mitte eines der vollgeladenen Solarboards platziert war. Auf einem 3D-Hologramm, das unmittelbar vor ihr erschien, wählte sie den Startmodus an. Sie wurde automatisch angegurtet und das Solarboard hob sich an. Es schwebte zwanzig Zentimeter über dem Boden. Als Dave auf das Solarboard neben ihr stieg und seins startete, ergänzte Lin ihre Argumentation: »Außerdem hab ich einfach keinen Bock, in einen neuen Kreis umzuziehen...«

II

Die Solarboards fuhren langsam und kontrolliert auf den Fußgängerweg. Lin und Dave gaben in das Touch-Interface des Solarboards die Koordinaten des Stadtzentrums ein. Bis sie eine für sie vorbestimmte Fahrbahn erreichten, schwebten die Solarboards in Schrittgeschwindigkeit, um andere Fußgänger nicht zu behindern. Bei Überqueren der elektrokartographierten Position beschleunigten die Solarboards auf eine Geschwindigkeit von fünfzig Stundenkilometern. Die Fahrbahn für Solarboards befand sich in zwanzig Metern Höhe über der Fußgängerstraße und war genauso breit, dass zwei Boards nebeneinander passten. Es gab für jede Richtung lediglich eine Fahrbahn. Die Solarboards fuhren vollautomatisiert. Unfälle hatte es nie gegeben. Niemand wurde überholt. Alle fuhren in derselben Geschwindigkeit. Zu beiden Seiten der Fahrbahn führten alle hundert Meter Ausfahrten ab.

Die Solarboards von Lin und Dave nahmen surrend die Ausfahrt »Downtown SOL 10«. Die Straße führte sie an zahlreichen Bäumen und Bepflanzungen vorbei, die überall heraussprossen. An Fußgängerwegen, Straßen und sogar

Häusern hatte die Farbe Grün ein Monopol. Die Architektur war so abgestimmt, dass die Sonnenstrahlen dennoch ihren Weg durch jeden Schlitz und in jede Ecke fanden.

Die Solarboards kamen in der städtischen Lichtung unter dem Solarboardstand zum Stehen. Das Surren endete abrupt. Sie stiegen herab und liefen schnurstracks durch eine Baumallee. Ein Springbrunnen, der in der Lage war, das Wasser endlos zu recyceln, markierte das Stadtzentrum. Der Platz maß einen Hektar. Um den Springbrunnen herum tummelten sich alle möglichen Stadtbewohner: Von einem Straßenmusiker, der aus reiner Freude den Leuten die Klänge seiner klassischen Ibanez-Gitarre näherbrachte, über Spaziergänger und Leute, die Gesellschaftsspiele auf mobilen Tischen spielten. Jede Altersklasse, viele verschiedene Branchen und jedes Geschlecht waren hier vertreten. Lin überkam ein Lächeln. *Perfekt!*

»Die Polizei patrouilliert hier«, sagte Dave und zeigte mit seinem Kinn zu den beiden in hellblau gekleideten Polizeibeamten.

Lin wandte sich wütend zu ihrem Freund. »Ich mache nichts Kriminelles!«

»Okay, okay – wollte es nur erwähnen. Wer weiß, was du dir noch so ausgedacht hast ...«, erwiderte Dave achselzuckend.

»Bist du jetzt hier, um mir zu helfen, oder nicht?« Lin hob fordernd ihre Augenbrauen.

»Natürlich – natürlich!«, antwortete Dave und rief sich erst jetzt wieder ins Gedächtnis, wofür er überhaupt mitgekommen war, machte aber keine Anstalten, zu gehen.

»Und?«

»Ach ja! Dann viel Erfolg! Bis später!«

Dave rannte aus der Lichtung zum naheliegenden Wolkenkratzer.

Lin begab sich zielgerichtet zur Mitte des Platzes und setzte sich auf ein freies Stufenstück vor den Springbrunnen. Dann zog sie einen langen schwarzen Stift aus ihrem Kleid hervor. Durch Berühren der unteren Seite fuhr ein Display aus, das blau schimmerte und wie ein Personal Computer fungierte. Sie öffnete ihr Zeichenprogramm und tippte mit einem weiteren kleineren schwarzen Stift auf das Projekt »Selbstverwirklichung«. Mehrere vorgefertigte Zeichnungen und Bilder erschienen in einer von ihr vorbestimmten Reihenfolge. Außerdem öffnete sie ein zweites Programm, das »Drone Control« hieß.

Jetzt ist Dave dran. Hoffentlich hat er keine Probleme.

III

Nicht einmal zehn Minuten hatte sie warten müssen, als ein Knall ertönte, der vom nächstliegenden Wolkenkratzer stammte und durch das Stadtzentrum hallte. Alle Menschen verharrten, sahen in die Luft und lauschten, was als Nächstes passieren würde. Zum ersten Mal hörte man nur das

Plätschern des Wassers im Springbrunnen. Lin entfuhr ein Lächeln. *Perfektes Timing.*

Lin aktivierte mit einem Touch die Drohnenkontrolle. Sofort flogen unzählige Solar-Drohnen aus allen um den Platz stehenden Baumkronen und sammelten sich in der Luft direkt über dem Springbrunnen. Lin aktivierte mit einem weiteren Touch die Übertragung der Bilder ihres Zeichenprogramms auf die über ihr schwirrende Drohnenformation.

Das erste Bild übertrug sich mit einem Surren der Solar-Drohnen, die sich langsam aber zielgerichtet an verschiedene Positionen begaben. Es formte sich eine denkende Frau, die ihr Kinn griff und in den Himmel sah. Es war Lins Darstellung ihrer selbst. Ein Staunen raunte durch die Menge. Es gab schon einige Straßenkünstler, die sich Mühe gaben, mittels Drohnen Bilder in die Luft zu zeichnen. Aber diese ungeheure Anzahl an Drohnen hatte vor ihr niemand verwendet. Dies ließ einen wundervollen Detailreichtum zu. Das war ihr Vorteil: Sie konnte gesehen werden und somit etwas bewegen. Ein Lächeln stahl sich in ihr Gesicht.

Und dann spielte ihr Programm eine von ihr vorbereitete Diashow ab. Lin selbst musste nichts mehr tun, außer die Reaktionen ihrer Zuschauer genießen. Stimmungsvolle Musik ertönte vom naheliegenden Wolkenkratzer, die die Show perfekt untermalte.

Jetzt formten sich die Drohnen zu einem Kunstwerk, in dem eine Hand zu sehen war, die ein Bild über einen sonnenbeschienenen Park malte. Die Drohnen beschrieben an einigen Stellen einen Winkel, sodass die Sonnenstrahlen an genau den richtigen Positionen reflektiert wurden und das Bild lebendig wurde.

Wie geplant. Sehr gut!

Die Zuschauer tobten und applaudierten so laut, dass der Schall an den umstehenden Wolkenkratzern widerhallte. Die Drohnen zeigten die Downtown SOL 10 mit dem Brunnen in der Mitte und glücklichen Menschen, die sich an der Kunst erfreuen. Die Zuschauer wunderten sich darüber und vermuteten, es sei nur eine Videoaufnahme, doch niemand erkannte sich oder seinen Nachbarn im Bild. Daraufhin setzte abermals tobender Applaus ein. Das vorangegangene Bild mit dem Park und den schönen Sonnenstrahlen wurde wieder gezeigt.

Kurz darauf änderten die Drohnen nur die Winkelrichtung und erzeugten so ein Licht-Schatten-Spiel, das das schöne Bild verwelken ließ. Eine Hand packte die zeichnende Hand und riss sie weg. Die Drohnen formten sich wieder zu Lins Abbild. Ein leeres, trauriges Gesicht sah auf die Zuschauer herunter.

Es wurde sichtbar, wie Lin dazu verdonnert wurde, eine produktive körperliche Arbeit zu leisten, in der sie die Straßen reinigte. Eine Denkblase erschien über ihrem Kopf und zeigte eine Maschinerie, ineinander verzahnte Zahnräder, die kontinuierlich weiterliefen. Die Szenerie veränderte sich erneut zum Abbild der Downtown SOL 10, in der die Menschen unglücklich auf dem Platz stehen. Kein Künstler war unter ihnen ausfindig zu machen. Sie wurden ihrer Unterhaltung beraubt.

Die Szenerie verschwamm und entwickelte sich zu einem Bauern, dessen Denkblase dieselbe Maschinerie aufwies, wie schon zuvor die von Lin. Dann führte ein Pfeil nach unten. Eine Achse zeigte eine mathematische Funktion, deren Kurve stetig sank. Der Bauer setzte ein trauriges Gesicht auf.

Die finale Bildstrecke war eine Zusammenstellung von Cinemagraphs. Diese wurden an die Solar-Drohnen übermittelt: Sie zeigten Lin in einer Totalen. Sie war in Handschellen. Dann zog sie ihre Hände auseinander und riss die Handschellen entzwei. Sie rannte davon, an einen ruhigen Platz außerhalb der Stadt, setzte sich mit ihrem Zeichenpad auf einen Hügel und malte die Stadt Sol, die in einem grünen Tal lag, in das die Sonne schien. Die Stadt reflektierte die Sonnenstrahlen, die die Solar-Drohnen abermals als Live-Effekt über einen Winkel erzeugten. Jubel brach aus. Alle Menschen applaudierten wie verrückt. Das Bild blieb eine Weile stehen – über das Verstummen der Hintergrundmusik hinaus.

Ein paar Menschen, die in Lins unmittelbarer Nähe waren, realisierten, dass Lin die Künstlerin war, und klopften ihr respektvoll auf die Schulter. Mit einem Touch beendete Lin das Programm. Die Drohnen flogen zielgerichtet davon. Sie sollten auf dem Dach ihres Wohntraktes landen.

Als der Applaus abebbte und sich die meisten Menschen wieder ihrem Alltag widmeten, viele andere sich aber angeregt über das Gesehene philosophierten, verließ Lin den zentralen Platz in Richtung des Solarboard-Standes. Sie sah Dave an einem Solarboard stehen und nahm Blickkontakt auf. Dieser legte einen ernsten Gesichtsausdruck auf.

Bevor sie Dave erreichte, wurde sie von einem Mann und einer Frau davon abgehalten, weiterzulaufen. Die Frau sagte: »Commune Control. Könnten wir uns bitte einmal ungestört unterhalten?« Lin schluckte, nickte aber zustimmend. Denn noch hatte sie sich nicht strafbar gemacht. Wäre sie nicht mitgegangen, hätte sie vermutlich eine Anzeige wegen Widerstand gegen die Staatsgewalt am Hals.

IV

Im sonnenerhitzten Zimmer setzten sich die beiden Commune Controller an den Tisch gegenüber Lin. Ihre Control Panels öffneten sich leuchtend vor ihnen.

Die Frau begann zu sprechen – Lin vermutete, dass sie das Sagen hatte. »Lin Abebe, wohnhaft in SOL 10, Arbeiterkreis SOL 101204. Nach künftigem Recht als ‚unproduktiv‘ kategorisiert.«

Lin knirschte mit den Zähnen. Sie scherte sich nicht mehr um Höflichkeiten. Sie beugte sich nach vorn und stützte sich auf ihre Ellenbogen. »Und dein Name war?«

Die Frau lächelte abschätzig. »Wie niedlich. Du hast versucht, größtenteils produktive Bewohner der Arbeiterkreise dazu zu verleiten, dich als etwas anzuerkennen, das du einfach nicht bist: Ein wertvolles Mitglied unserer Arbeitsgemeinschaft.«

Lin ballte ihre Hände zu Fäusten, bis ihre Knöchel weiß hervortraten, und biss die Zähne zusammen. »Ist das ein Verbrechen?«, erwiderte Lin grimmig.

»Leider nicht«, antwortete die Frau. »Aber weißt du, was du anrichtest, wenn du die Bewohner dazu aufbringst, einen Künstler zu unterstützen? - Totales Chaos! Menschen, die sich in ihren produktiven Berufen befinden und stolz darauf waren, etwas für ihre Gemeinschaft zu tun, werden sich dann eher wieder ihren kleinen Hobbies widmen und sich als Künstler ausgeben, die die anderen unterhalten wollen.« Das Wort ›Künstler‹ sprach sie so aus, als würde sie sich davor ekeln.

»Was ist so schlimm daran, seinen Träumen zu folgen?«, wollte Lin wissen. Ihre Wut steigerte sich ins Unermessliche.

Nach kurzem Zögern der Frau bekam Lin eine Gegenfrage als Antwort: »Weißt du, wieviel Prozent der Arbeitnehmer ihrem Alltag entfliehen wollen, um das zu machen, was sie glücklich macht?«

Lin zuckte mit den Achseln.

Die Frau fuhr fort. »15% – sie haben aber das Bedürfnis, der Gemeinschaft zu helfen. Wenn sie denken, dass sie der Gemeinschaft durch künstlerische Tätigkeit nützlich wären, würden diese sofort ihre produktiven Jobs aufgeben. Aber dann steht zu viel auf dem Spiel. Viele Kommunen könnten nicht mehr überleben. Sie würden zerbrechen – Verstehst du?«

Lin sah verbittert zur Frau, ohne etwas zu sagen.

»Die Kunst wird mit Eröffnung der unproduktiven Zone nicht gänzlich verschwinden. Wir versuchen nur, den Störfaktor der Unproduktivität aus unseren Kreisen auszuschließen. Eure Kunst könnt ihr auf verschiedene Medien übertragen. Die Arbeiter sehen dann immer noch eure Straßenkunst – nur eben auf Bildern oder Videos, die in der Stadt verteilt zu sehen sein werden. Wir kommen euch sogar entgegen und bieten euch kostenlos die Verpflegung und berechtigte Technologie, die die anderen Arbeiterkreise auch erhalten. Ist das nicht toll?«

»Aber die zwischenmenschlichen Beziehungen – das Miteinander. Ist das nicht ein grundlegendes Menschenrecht? Das wird den Künstlern nicht ermöglicht«, erwiderte Lin schockiert.

»Nicht zwischen Künstlern«, antwortete die Frau, die sich immer noch nicht mit ihrem Namen vorgestellt hatte.

»Aber nicht jeder Künstler will ausschließlich mit anderen Künstlern befreundet sein! Das könnt ihr doch nicht machen! Was ist mit Familie? Darf die wenigstens besucht werden?«

»Die Künstler dürfen immer besucht werden. Wir sind keine Monster«, sagte die Frau mit einem Lächeln und lachte ihrem Kollegen zu.

»Und, wenn ich mich weigere?«, fragte Lin.

Die Frau faltete ihre Hände. »Du bist nicht in der Lage, ein produktives Amt einzunehmen, um deine Kommune unterstützen zu können und gleichzeitig deine Kunst weiterzuverfolgen? Das Eine schließt doch das andere nicht aus!«

Lin ballte wieder ihre Fäuste und schrie die Frau an: »Künstler brauchen ihren Freiraum, um richtig funktionieren zu können! Ihr nehmt uns den Freiraum mit einer Pflicht zur produktiven Amtsübernahme! Ein Künstler kann sich nicht künstlerisch Entfalten, wenn er mit anderen Dingen beschäftigt ist!«

Die Frau räusperte sich und antwortete mit beunruhigender Ruhe: »Also nein. So wie ich es sehe, gibt es für dich nur noch zwei Möglichkeiten, nachdem du das großzügige Angebot, ein produktives Amt inne zu haben, abgelehnt hast: Du ziehst in den unproduktiven Arbeiterkreis oder du gehst ins Gefängnis, weil du dich der Staatsgewalt widersetzt hast ... Du hast die Wahl, Kleines.«

Im Solargleiter auf dem Weg ins Gefängnis drangen die Nachrichten aus dem Radio an ihre Ohren. Es fanden in vielen Arbeiterkreisen Demonstrationen statt, in denen gefordert wurde, Lin Abebe aus SOL 10 zu befreien und das neue Gesetz außer Kraft zu setzen. Doch nach einem Stopp der Versorgungskette kehrten viele zurück zu ihrer Arbeit. Sie hatten sich durch die Demonstrationen selbst geschadet, indem sie ihre produktive Arbeit ruhen gelassen hatten. Ihr Motto war: »Wir arbeiten füreinander – nicht für uns selbst.«

Welch Ironie.

Lin schaute von ihren in Handschellen liegenden Händen aus dem Fenster hinaus auf die schöne, grüne Landschaft, die sich um die Stadt SOL erstreckte.

Meine Gedanken sind frei.

NACHWORT

Vielen Dank für das Interesse an meinen Geschichten! Ich hoffe, sie haben dir gefallen und dich zum Denken angeregt!

Falls es dir keine Umstände machen sollte, würde ich dich bitten, mir Feedback im Rahmen einer Rezension auf Amazon und/oder Lovelybooks oder anderen von dir ausgewählten Plattformen zu geben.

Gefällt dir meine Arbeit? Folge mir doch auf Instagram, Facebook, Lovelybooks oder Goodreads oder besuche meine Internetseite www.damian-o-rehfeld.de, auf der du zu aktuellen Projekten informiert wirst und dir einen Überblick über mein kreatives Schaffen machen kannst.

2100: Neurowork
Kurzgeschichten-Sammlung,
80 Seiten, inkl. 8 Farbabbildungen
Einband: Gebundene Ausgabe
Genre: Science-Fiction, Cyberpunk
Erscheinungsdatum: 16.08.2022
Verlag: Story.one publishing
(Selfpublishing)
ISBN: 978-3-7108-0926-2

Wie wird in 2100 gearbeitet? Wird es noch erforderlich, körperlich anwesend zu sein? Schafft es die Menschheit, so effizient und produktiv zu werden, wie ihre eigens entwickelte Künstliche Intelligenz? - Zwei Cyberpunk-Kurzgeschichten stellen sich diese Fragen und versuchen, darauf eine kreative Antwort zu geben.

Anmerkung: Dieses Werk entstand im Rahmen des Story.One Young Storyteller Awards 2022. Unter strengster Zeichenlimitierung konnte der Autor in 17 Kapiteln zwei Kurzgeschichten zum Thema Neuronaler Arbeit (Neurowork) zusammentragen.

Ü B E R   D E N   A U T O R

Damian O. Rehfeld wurde 1992 in Berlin geboren und ist Wirtschaftswissenschaftler. Er arbeitet momentan im Controlling.

Der relativ trockenen Brötchen-Erwerbstätigkeit kommt er mit kreativem Schreiben entgegen: Seit seiner Kindheit eifert er den Autoren der Science-Fiction-, Fantasy- und Abenteuerliteratur nach und verfasste viele Geschichten über kleine und große Helden.

Sein Debüt »Sternenfahrer Tarus und der Nebel des Todes« begründet den Auftakt seiner Jugendbuch-Weltraum-Saga und wurde 2018 im Selbstverlag veröffentlicht.

In den Jahren 2020 bis 2022 ließ er seine Faszination für fantastische Literatur bei diversen Schreibwettbewerben und Ausschreibungen einfließen.

Sein Lebenstraum ist es, ein etablierter Science-Fantasy-Autor zu werden.

Er lebt zurzeit mit Frau und Sohn in Berlin.